U0127720

七彩糖豆

[日]夏澄 著

付红红 梁宝卫 译

广西师范大学出版社
·桂林·

DROP

© 2008 Kasumi

Original Japanese edition published by SOFTBANK Creative Corp.

Simplified Chinese Character rights arranged with SOFTBANK Creative

Corp. , through Owls Agency Inc. and Beijing SMSQ Culture

Communications Co. , Ltd.

著作权合同登记号桂图登字:20－2009－014 号

图书在版编目(CIP)数据

七彩糖豆/(日)夏澄 著;付红红,梁宝卫 译.—桂林:
广西师范大学出版社,2009.9

ISBN 978－7－5633－8919－3

Ⅰ.七… Ⅱ.①夏…②付…③梁… Ⅲ.长篇小说-日本-
现代 Ⅳ.I313.45

中国版本图书馆 CIP 数据核字(2009)第 124182 号

总 监 制:郑纳新
组　　稿:徐　珏
责任编辑:杨丽萍
装帧设计:孙豫苏

广西师范大学出版社出版发行

(广西桂林市中华路22号　　邮政编码:541001)
网址:http://www.bbtpress.com

出版人:何林夏

全国新华书店经销

销售热线:021－31260822－129/139

山东新华印刷厂临沂厂印刷

(山东省临沂市高新技术产业开发区新华路东段　邮政编码:276017)

开本:890mm×1 240mm　1/32

印张:7.5　　　　　字数:86 千字

2009 年 9 月第 1 版　　2009 年 9 月第 1 次印刷

定价:22.80 元

如发现印装质量问题,影响阅读,请与印刷厂联系调换。
(电话:0539－2925659)

目 录

CONTENTS

● 樱花色的分手

"我们分手吧。我有喜欢的人了。"

明媚的花色光影中,坚治一副为难的表情看着我。

空气中弥漫着春天伊始的先兆,寒气渐逝的世界沉浸在这种空气中,身边飘荡着柔和的香气。

微风不经意地拂过樱花,落英缤纷。我们一直站立着,似乎即将要被这片春光所吞噬。

在甜美温柔的春风中,微微飘过的痛楚变得愈来愈强烈。

我的脑海中浮现出一年前的情形。

那个时候,整个世界对我而言美丽无比。

没有任何事情让我难过,春光明媚,鸟语花香。

那天很偶然,我和坚治打扫同一个地方。时至今日,我依然无法忘记那段难以言表的美好时光。

午后,明媚的阳光、芬芳的青草、熙攘的人群。

不知疲倦的校园广播里,一直流淌着古典音乐:《梦幻曲》、《加农曲》、《万福玛利亚》。

这些如同幸福的象征,令人心情无比愉悦。坚治在我面前闪动着双眸,光彩四射、摄人心魂。

　　在那温柔的时光中,对他的爱慕之心,逐渐而真实地成为我世界的全部。

　　"和真帆在一起的时候,不知道为什么,非常开心。我想和你一直在一起。"一个春风荡漾的日子,他对我这样说。

　　我清楚地记得,当我抬头看他的时候,突如其来的一阵风掀起了我的裙子。我慌慌张张按住前面,但是后面又被吹起,这令我反应不及。对于我被狂风戏弄的窘态,我们俩相视而笑。

　　那天,我的心里刮起肆无忌惮的狂风。爱的暴风至今依然狂吹不止。

　　坚治不仅阳光帅气、文质彬彬,而且为人正直、性情率真。

　　在我的眼中,他明亮的双眸足以迷倒众人。即便是我这种经常待在他身边的人,也永远无法招架他的凝视,总是为他心跳不已。我本来血压低、体温低,但只要和他讲话,我的体温都会上升一度。

　　和坚治在一起的时间刚好一年。

　　即便如此,我们共同拥有太多太多的东西。

　　拂晓清澈的时光中,我们牵着手儿默默相视。

　　深夜黑暗中,我们仰望闪烁的星空。

　　傍晚,我们远眺如歌如泣的苍穹。

两人共同感受的世界,美丽似花。

两人共同生活的时光,恬静如月。

然而,结局却是那么令人沮丧。

我抬头凝望坚治的脸庞,这也许是最后一次。

他的视线往别的地方游移。

尽管我信任过他。

尽管我爱过他。

我的头脑之中全是"尽管",心情变得很难过。

我想起弟弟洋海以前经常哭着对我说"尽管我一直在等你"之类的话。

那时,我开始还觉得弟弟一直哭个不停好可怜,后来感到他真是麻烦。然而,现在说"尽管"的人却变成了我。

被坚治抛弃的一周里,我的心一直在摇晃。感情的波澜飘来荡去。

极度寂寞之下,我开始暴饮暴食。

一旦停止吃东西我就变得心神不宁。空暇这样的东西,于我而言,只会成为毒药。

"真帆,你的食欲……很危险哦!"

袋子里的食物被我扫荡一空,洋海惊讶的声音从我头上传来。

本来弟弟比我小一岁,但最近我们似乎成了双胞胎。

"可是,我肚子就是饿得慌嘛!"

"脸上会长肉哦！本来你的脸就很圆了。"

洋海一副嘲弄的口吻笑道。

"无所谓啊。反正我的青春已经结束了。"

"说什么呢,你失恋了?"洋海半开玩笑地说。

我默默地给了他肯定的回答。

"真的?"

洋海的表情里夹杂着困惑和沮丧。

"你们以前关系那么好……"

我的胸中隐隐作痛。

既然已经结束,无论过去情缘如何,都已变得毫无意义。我现在对坚治所抱有的各种情感也同样失去了意义。

即便如此,我依然对他抱有怨恨。

我想让他知道我有多悲伤、多寂寞。事实上,我一直知道坚治已经变心了。

我们恋爱的最后那段时间,他总是心不在焉。我对此装作视而不见,拖延着分手那一刻的到来。

无论如何我不想失去坚治。我不愿放弃,也不愿相信。

我希望他能幡然悔悟。我希望他能再次爱上我。

把一丝希望托付给毫无依据的期待,这样的日子寂寞得令人不寒而栗。

即便如此,我不敢告诉他我很寂寞之类的话,因为我没有信心能够接受分手的结局。

现在想来,从我意识到坚治变心那一刻起,我们分手的过程就已经开始了。只不过是缓慢地、单方面地在我眼前逐渐表面化而已。

"小洋,我好难过啊!"

我眨了眨噙满泪水的眼睛。

洋海一脸的愤怒。我清楚地知道那是他特有的悲伤表情。

"当然啦,你那么喜欢他。"

看他的眼神似乎被甩的那个人是他。

"喜欢啊! 非常非常喜欢! 即便是现在还是很喜欢。真希望能够忘掉这种感觉。"

事实上不仅如此,我宁愿忘记"所有"的事情。无论是喜欢他的感觉,还是所有的记忆,真希望这些折磨我的所有一切都能消失得无影无踪。

如今,遗忘与平静地生活下去画上了等号。

恋爱就像香烟或者毒品。

当你不了解它的时候,即便不拥有也无所谓。然而一旦你记住了它的气味,一切都完了。你就会被一种无法用理智压抑的依赖感紧紧纠缠。

我感觉我没有办法继续活下去。一闭上眼睛,脑海中就会立刻浮现出坚治的模样,以至于每晚我都以泪洗面。这种不安、胆怯、孤独的情绪对我来说还是生平第一次。

"我们分手吧。"

他的话像诅咒一样在我耳边不断回响。虽然是我最憎恶的话，但是每天都会在我脑海中浮现。

他曾说过他想和我永远在一起的。

他曾笑着说过除了真帆之外他好像没有办法喜欢其他的人。

他当初为什么会喜欢上我呢？

记忆中的坚治当然不会给我任何回答。我在无谓的前提下，思考无谓的意义。

我对他的感情和感觉真的已经变得毫无意义了吗？

无论是风沙沙吹过的那个春天，

还是校服崭新的触感，

还是在我们之间互相传递的思念，

所有的一切都因为"无意义"而全部归零了吗？

在考虑了许久之后，我依然发疯似的想见坚治。

"哪里也不要去！"

如果可以望着他的眼睛告诉他这句话，那该有多么开心啊。

无论你多么希望、如何祈求，有些事情终究不会实现。对于一直幸福地泡在蜜罐里的我来说，这个道理最终还是由我最喜欢的人教会了我。

我明白了，不管和谁在一起，我最终都是独自一人。可以支撑自己的，除了自己之外别无他人。

仰头望去，五月的天空万里无云。

树缝中透出的阳光反射到自行车的金属上，光影摇曳、波光粼粼。总觉得这个场景像极了不知何时曾在电视上见到的南方的大海。

无比清爽的早晨。

每呼吸一次，我都会觉得那些悲伤、空虚的负面情绪在慢慢消退。

四季总是如期而至，为所有的事物灌注活力。

"真帆……早啊，一起走吧！"

身后传来熟悉的欢快声音。

"早！由希子。作业做了吗？"

"数学啊，当然做了，累死我了！"

由希子跑到我旁边，笑着回答说。

"啊？数学？我只做了古典文学啊。"

"啊！古典文学？我这个没做。"

我无力地感到，只有在这个时候我们遗忘的本领才会发挥到极致。

我们很默契地加快了自行车的速度，迅速超过一群男同学，用一半的时间到达了学校。

交换本子，默默抄作业，十五分钟。顺利完成，看看表，上课铃声响起前五分钟。

"哎，去小卖店吗？你喉咙不渴吗？"

在由希子的邀请下，我拿起钱包站了起来。

"我想喝苹果的。啊！但是葡萄柚的好像热量更低啊。"

"身为减肥一族,真难做决定啊!"

看着在自动贩卖机前优柔寡断的我,由希子眨巴着眼睛笑道。

从她身后的窗户可以看到淡蓝色的天空。悲伤减退到极致,一定是这种颜色。

"我最近胖了三公斤呢!"

我怀着一种格外苦闷的心情笑道。

"我也感觉到了。真帆你吃得太多了。啊,是森!"

顺着由希子的视线,我看到森正在向我们挥手。一张笑脸好像是在做牙粉广告。

"早! 你们两个一大清早就很引人注目啊!"

森的同伴柳濑笑着说。

"因为我们太可爱了吗?"

由希子冲他歪了一下脑袋。

"从某种意义上讲,我觉得真受刺激。因为我还是第一次见到女生站着打瞌睡的呢!"

森故意发出一种怪腔。

由希子这次冲他撅了撅嘴。我一直觉得,由希子的这个动作,就像小朋友似的,既孩子气又可爱。森和柳濑就喜欢时不时地逗逗由希子。

犹豫了一会,我还是决定买葡萄柚汁。我一边取出易拉罐,一边拉了拉森的袖子。

"森,今天你和谁一起来的?"

"谁？大家啊。平常足球社的那帮人。"

森投入硬币，毫不犹豫地按下按钮。

很显然那帮人里有坚治。

我和坚治自从分手后，一次也没有正式见过面。

我仍然很害怕和他像陌生人一样相见。顺便说一下，我想坚治从我们分手以来是没有时间和我见面的。当然，那是因为他已经不再关心我了。

"真帆。"

我回过神，发现森正在担心地盯着我的脸看。

"需要帮忙的时候，叫我啊！"

"哎呀，你太好了！"

我不假思索地说。心里也是这么想的。

"我一直这么好啊！我会好好帮你的，放心！"

虽然知道他是在开玩笑，但是森看上去犹如英雄一般。

"叮铃铃，叮铃铃……"

上课铃响了。

手忙脚乱的我们赶紧冲了出去。从这里出发，勉强可以在上课铃结束前赶到教室。但是，由希子注意到自己还没买果汁，于是她毫不犹豫地停下来又折了回去。

"由希子！我分你一半，别去了！"

但是她并没放弃。慌忙把零钱投进自动贩卖机，按下按钮，取出苹果汁。

"果然，还是苹果汁比较好。"

"喂,快点! 不要在走廊上跑! 快点!"

班主任原田老师站在教室门口喊。

赶快"走"?

我脑海中想象着大家竞走着走回教室的样子。

怪异!

暖风从大开的窗户缓缓流入,由希子的手因为拿到了苹果汁而兴奋得渗出了汗。

突然间,这段时间已经忘记的温馨感觉不知从什么地方涌了上来。那如幸福碎片般、让人感觉舒适的情感减轻了我胸中的痛楚,在体内慢慢扩散。

● 浅蓝色的风景

提及初夏，一定要说体育祭。

每当此时，我们的生活就会围绕体育祭而展开。

巨大宣传板的制作加上助威团的练习、拉拉队姑娘的特训加上集体舞的排练。

天公作美，运动场上的白色运动服光彩夺目，晃得人眼晕。大喇叭没日没夜地扯着它的大嗓门。

热气、凉气混杂的独特空气包裹着整个校园，我们也因为一些芝麻绿豆的小事不厌其烦地唧唧喳喳。

我很喜欢集体活动，以体育祭和文化祭为首。无论是在更衣室里一边涂防晒霜一边谈论的无聊话题，还是训练时那几乎让人晕倒的太阳光，或是休息时喝的微温的自来水，我都毫无理由地喜欢。

它们总是让人有些伤感。我想当一个人不想失去某种东西的时候，他在感觉幸福的同时，心情也会变得有些伤感。

入场行进、全体训练……每天半天的训练持续了好多天之后，都会有人晕倒。但是我生来身体就非常健康，几乎和疾病无缘。即便是在残酷的训练时间里，我依然和朋友们热烈谈论那些无聊的话题，开心地度过每一天。

我故意让自己表现得很活跃，看上去好像即使不想坚治的事也无所谓。在和朋友们嬉笑打闹的瞬间，我确实觉得自己从苦闷中解脱了出来。

我想从那个被失落紧紧束缚、只知哭泣的自己里抽离出来。但是，即便随着时间的流逝我也会笑，事实上我丝毫没有忘记。

"我想见坚治！"

无论在做什么，我心里总是这么想。然而我没有勇气正视这段感情。只有通过掩饰这段感情，自欺欺人，我才能保护自己。

突然，从远处的队伍里传来一阵喧闹声。

我看到有几个年轻的老师跑到队伍的中心。

"真帆。哎？好像是坚治！"

旁边的小春小声说。

"真的吗？他体质不弱啊？"

为了看得更清楚些，我把眼睛眯起来，同样小声说道。

"或许是因为和真帆分手受打击了吧。"

"不可能！"

"是吧。有可能他在后悔呢。虽然我不太清楚，但是坚治喜欢真帆是人尽皆知的。"

"我知道。"

我笑了笑。

他真的曾经喜欢过我。

他也曾经对我撒娇说，"和真帆在一起让人很安心。"

或许因为他的性格让人觉得很值得信赖，经常有人找他聊天。但是他情愿独自承担自己的烦恼，不爱向别人倾诉。然而，他却喜欢跟我谈论社团的烦心事、家里的事、将来的事。

我喜欢他的全部，包括他脆弱的一面。

当然，我也非常依赖他。即便是现在，回想起来，我还是觉得我们当时维持了一个很好的平衡。

我仍然无法接受，将这些事当作毫无意义的过眼云烟。

"去看看他吗？保健室。"

小春温柔地抓着我的两个胳膊。她的手有点凉，让我发烫的身体感觉很舒适。

"好啊。只是感觉有点尴尬。"

自己的声音听起来比想象中更落寞。

如今，坚治需要的并不是我。

虽然我随时都可以陪在他身边，但他并不希望这样。

"他或许没办法忘记真帆呢。"

小春看上去很希望这件事能够变成现实。

"绝对不可能。"

我们的身影清晰地映在地上。我不由得仰望天空，清楚地看到天空中浮现出的白色影子。

"小春,我看到'转移的影子'了。"①

我凝望着远方的蓝天说道。

"小智?"

小春立刻回想起来,露出一副很怀念的表情。

——小智拼命寻找失去的家人,通过最喜欢的影子游戏见到她深爱的人。

天野君子的作品《小智的影子游戏》。我记得,当时老师在课堂上朗读这个故事的时候,我们还是小学三年级学生,平时总是唧唧喳喳,但是那一刻每个人都变得异常安静。

"老师哭了呢。"

我还记得当时休息的时候,我们还说过这样的话。

即便长大成人,我们也一定不会忘记这件事。

走过空无一人鸦雀无声的教学楼,便看到了保健室的门。我却失去了勇气。

打开门,一阵柔和的风扑面而来。房间里的窗户大开着,白色的窗帘随风摆动。

---

① 转移的影子:源自收录在日本小学三年级课本里的一个故事《小智的影子游戏》。爸爸在出征打仗前,教会了小智这个游戏。盯着映在地面上的人影,从一数到十,然后立刻抬头望向天空,地上人影的轮廓就会清楚地转移到天空中,变成白色的人影。那天,一家四口手牵着手一起做影子游戏。地上的人影映在天空中,很像纪念照片。最后小智一家遇到空袭,小智变成了孤儿。译者注。

听着远处传来的训练的音乐声和嘈杂声,我感到莫名地难过。然而,安静的空气给人一种舒适的感觉,之前一直在太阳底下暴晒的身体在走过冰冷教学楼的过程中逐渐冷却下来,让人松了一口气。

十分钟休息时间,我装病冲向保健室。因为我平时比谁都健康,如果偶尔身体感到不适,周围的人都很重视。

追随坚治来到保健室,我的心里有些害怕。但是周围善良的他们都很鼓励我。当然,现在的我一直低着脑袋。

蹑手蹑脚地走向床边,并排放着的六张床中最里面的帘子是拉着的。

偷偷朝里一看,坚治闭着眼睛正躺在那里。

他脸色很差。头发稍微长长了一些,看上去总觉得不像他。

我一直想见的人就在眼前。

但是我却连走进帘子里都无法做到。

两腿发软。胸口很痛很闷。

这个人就在我身旁。

他曾经那么喜欢我。

"坚治……"

我无意识地轻喊着他的名字。

音量虽然小到几乎听不见,但他还是微微睁开了眼睛。

"真帆……"

很疲惫的声音。

"你没事吧? 没睡好吗?"

我压抑着自己的感情，冲他淡淡一笑。

"没有……还好。你也不舒服？"

"嗯。有点困。"

"原来是偷懒啊。"

坚治的表情有些缓和。我的胸口一阵绞痛。

"别生气哈。"

我故作轻松地说。以前如果我偶尔迟到，他都会以监护人或者老师的姿态教导我。

"我不会生气的。"

他微笑着说。

他的表情、说的每一个字都深深刺痛着我的心。

和以前一样认真面对我啊！

我用力咽下无法说出口的这句话。

"和真帆在一起真平静啊。"

坚治看起来很可怜。我还是第一次看到他这种表情。

"你喜欢的那个人，是个什么样的人？"

让坚治心动的女孩。未曾谋面的那个人对我来说是个怪物。应该哪里也不会去的他就这样从我身边离开了。

"什么样的呢……连我自己也不是很了解。因为总觉着她很不容易被了解。"

有分歧的恋爱矢量正在到处横冲直撞。

"高中生？"

"嗯……对不起。"

坚治分手后第一次道歉。

热泪往上冲，我赶忙眨了眨眼。

"没办法。爱情里没有谁对谁错啊。"

为了给他打气我故意说得很轻松。无论是什么状况，我都不希望看到坚治伤心难过。

"真帆那么可爱，肯定很快就能交到男朋友的。"

他笑着说。虽然之前他连我跟男性朋友发短信都会不高兴。

"没这回事。"

我微微一笑，演技完全可以和演员相媲美。

不能哭！

"嗯。我一直很担心你，看你现在很有精神的样子，真好！"

他已经对我完全失去了兴趣。如果是以前，无论我装笑装得多无懈可击，都会被他立刻识破。

即便如此，我仍然很想见他。

"回去啦。"

坚治坐了起来。

没有坚治的每一天，寂寞、恐惧、难过。因为想见他、想相信他，我痛苦不已。

为什么……

脑海里充满着挥之不去的疑问。

为什么之前他会喜欢我？

为什么他会说希望我哪里也不要去？

从他背上慢慢散发出某种气息，这种气息一直在抗拒我对他的爱。

我无法理解分手，我或许还是小孩子。

该回去了。我垂下眼睛，慢慢走出来。

如今，心痛让我丝毫笑不出来。

我在更衣室换好衣服，远处传来集体舞欢快的曲子。今年不用和坚治的朋友们一起跳舞等于救了我。混杂着音乐，我听到很多人欢乐的嘈杂声。

我边走过走廊边往运动场看，可以清楚地看到大家正在围成一个大圈跳舞。

一想到这些人或许也在为各自的人生或悲或喜，我就会感到很不可思议。

在去教室取书包的途中，我途经坚治所在的七班门口。往教室里一瞥，看到他在默默地发着短信。

是给喜欢的女孩子发的吧。

一想到这里，我的心情乱得让人无法忍受。悔恨、悲伤、寂寞，头好痛！

为什么不是我？

坚治正在望着谁？

我想我已经到了极限。

索性再多伤害我一点或许能让我觉得轻松点吧。

我呆呆地望着天空。

好希望可以从这种痛苦中解脱出来。

● 桃红色的风

过午时分的神社。

坚治站在阴凉的神社里,时不时看看手机。他在等人。

我正在不远的石墙后面直直地盯着他。这是一路跟踪他的结果。

真希望从这份痛苦中解脱出来,但无论如何我也做不到。

"对不起。等很久了吗?"

突然响起甜美通透的声音。我定睛望去。

在确认看到入口附近有个穿制服的女孩子后,我不自觉地屏住了呼吸。

她摇摇晃晃地骑着自行车而来。

"没等很久。"

坚治笑着回答。

撒谎!我看了看表。

你和我分明都等了三十分钟了!

"因为我不太会骑自行车……"

她微笑着说。

坚治望着她,表情似乎在说你这样已经很可爱很可爱了。

我的心情变得很奇怪,既想哭又想笑。

笨蛋。笨蛋。

"美崎你想去哪儿?"

"哪里呢……哪里都行。我想吃甜的东西。"

她的名字好像叫"美崎"。笑声甜美得像铃铛。

娇嫩的肩膀、纤细的手脚,所有的一切都好像人造的一样不真实,皮肤也特别白皙。松散的淡茶色头发晶莹剔透、闪闪发光。水灵灵的大眼睛和头发一样都是淡茶色,像极了布娃娃。

"甜的东西的话,水果小铺怎么样?"

那是我最喜欢的咖啡馆。

"哇,好啊!吃冻奶糊吧。焦糖苹果派的冻奶糊最好吃了。"

美崎被笼罩在一片粉红色的空气中,开始骑自行车。

背影同样纤细白皙。我默默望着坚治,他面对这样的美崎显得萎靡不振,而且在没话找话。两人消失在街角后,我从石墙后面走出来。明晃晃的阳光刺激着我的泪腺。

或许是因为美崎身上香水残留的味道,总觉得两人刚才站过的地方散发着一种甜甜的、清爽的气味。

在幽静的神社里,我哭了。

空无一人的神社安静得让人害怕，只有我的哭泣声打破了这片宁静，不停在空中回响。

水果小铺店内设计了许多死角。我将放在桌上的杂志拿在手里，挑了一个只有从这个角度才能看见他们的座位坐了下来。

或许是因为时间的缘故，店内人不多。

昏暗的灯光是我最喜欢的。但是今天昏暗的灯光却凸显出两人更亲密、更有情调。

"坚治学校的体育祭是什么时候？"

我再次听到那个甜美的声音。

"嗯……五月二十八号和二十九号。我们正在专心训练呢。"

"哇！和我们学校差一个星期。集体训练很辛苦呢。"

她一笑，我便感到一股香甜的味道一直往这边飘。

"美崎你看起来体质比较弱，让人有点担心。"

脸色苍白憔悴的他却关心着美崎的身体状况。我不自觉地叹了一口气。

"所以我经常不训练。但是旁观者要除草哦。"

美崎的声音甜美而清爽，不知是幸运还是不幸，即便我离得很远仍然丝丝入耳。

"那你认真除草了吗？"

"我一边和朋友聊天一边慢慢除。本来十分钟就可以忙完的活，我却用了半天的时间。"

美崎边笑边说，坚治开心地在旁边附和。

太惨了！

美崎身上找不出任何缺点。

坚治的确对美崎非常痴迷，在他的心里丝毫没有我的存在。事到如今，我依然能够感受到那种被全盘否定的虚无感和无力感。

即使美崎不出现，他如今还会那么喜欢我吗？

思前想后，无论如何我们已经无法改变过去。

对坚治来说，和我一起度过的日子已经变成了毫无价值的回忆了吗？

对我来说敝帚自珍的回忆，对他来说，只是过眼云烟了吗？

听着坚治不断和美崎搭话，我慢慢闭上了眼睛。

放学后的约会，

两人牵手沐浴其中的夕阳，

第一次接吻的公园，

我连坚治第一次抱着我说"好温暖"时略显沙哑的声音都无法忘记。

"洋海，客观地讲我怎么样？"

一天傍晚，我依然无法摆脱孤独的感觉，一个人不知道该做什么，便来到洋海的房间。

"为什么？你问我我也不知道怎么回答。长得不难看。经常会有朋友希望我把你介绍给他们认识哦。实际上，你不是很受欢迎吗?"

洋海横卧在床上回答道。

"那么,如果你不是我弟弟,你想和我交往吗?"

洋海依然躺在那里,我在他旁边坐下。

"嗯……我喜欢有胸部的人……"

洋海边笑边翻着杂志。

"什么呀,我的也很大啊!"

虽然实际上并没有,我还是挺了挺胸。

"我,性格不好?"

"可能吧。擅自进我房间,又擅自把我的 CD 拿走。"

洋海爽朗地笑着。我的眼中突然噙满了泪水。

"喂,不要哭啊。实际上你不坏啊。对于现在的女高中生来说,你非常健康。另外,你还有很多朋友吧。"

洋海惊慌失措地接着说。

"洋海不了解女生。笑里藏刀的友情也是有的。"

"太可怕了! 但是,你的友情不是这样的吧。"

"那是当然。"

我叹了口气。

"去散步吗?"

洋海指向窗外渐渐变暗的天空。

傍晚的街道,所有的一切都被染成了天蓝色,周围散发着青草的怀旧气味。

"中午很热,但是傍晚有点凉呢。"

我穿得有点单薄，不自觉地搓着胳膊。

"这个，穿上。"

"你不冷吗？"

我望着只穿着一件 T 恤的洋海。

"我还觉得热呢。"

我被肥大的衬衫包裹着。衬衫上散发出一股香水似的淡淡的清爽气味。

"洋海，你用香水吗？"

我边走边问。不知道为什么感觉心里七上八下的。

"偶尔。"

他比我高大很多，就走在我旁边。如果注意看，就会发现无论是他的胳膊还是肩膀都比以前健壮了不少。

"感觉弟弟长成男人了。"

"我从出生开始就是男人啊。"

不知道是真不理解还是装不理解，他这样反击道。

"总觉得大家都在变。"

我怀着一种复杂的心情嘟哝道。

"真帆你也在变啊。"

洋海这次回答得很认真。

"是吗？"

看我心中充满怀疑，他很认真地搬出好像不知道从哪里听来的台词。

"是的。一成不变的事物是不存在的。"

我抬头一看，弟弟的表情比我还坚定。

事实上，我明白。

我们不可能永远是高中生，也不可能永远长不大。

一种寂寞的情绪急速涌上来。

"如果我是男生的话，将来肯定长不大。"

"我恐怕也一样。"

或许是因为看透了我痛苦的情绪，他笑着顺着我的话说。

我们边走边聊。

周围渐渐变暗，交错行驶的汽车都打开了车灯。

从傍晚到夜里的这段时间，我从很早以前开始就不知道该如何度过。即便和朋友一起玩，即便在和家人一起出门回来的路上，一旦晚霞开始消退，我就会感到非常孤单。

我也不知道这是为什么。

无论我在哪里，无论在做什么，这种不安的感觉必定会涌上心头，困扰着我。

"天黑了，我们回去吧。喂，危险，这边来！"

洋海轻轻地拉了拉我的胳膊。

他从何时开始和我对等地考虑事情了？我从何时开始依赖他了？

他以前都喊我姐姐，现在才意识到不知道什么时候起他开始喊我"真帆"或者"小真帆"了。

似乎只有我一个人还停留在暮色里，这种感觉让我觉得很不安。

各种各样的变化有时来得比较迟缓，可能只是许多"不知道什么时候"发生的事实不断堆积而成的。

　　而且,当你意识到的时候,可能就会感到有些落寞。

　　我的脑海里浮现出洋海小时候总是跟在我后面、经常哭鼻子的可爱模样。

● 堇色的雨

我们一直担心会下雨,但是体育祭当天天公作美,是个大晴天。

一片祥和的第三高中。

我们单手举着照相机,不断和遇到的朋友拍纪念照。大家一定都知道体育祭的事在不远的将来就会变成回忆。这是高中生活的一大活动,同时也是一个珍贵历程的舞台,它将我们在这里的每个瞬间变成永恒。

久违的集体活动,整个校园里熙熙攘攘。趁着高涨的气氛向喜欢的人表白也成了例行活动。

和预期一样,听到一些关于坚治的传闻。我装作若无其事。因为我已经厌倦了苦闷和烦恼。为什么会有表白的活动呢?

但是,我也不免俗地参加了这个活动,两个男生向我表白。

虽然不愿想起,但我的脑海中还是不断掠过坚治的事。

为什么我会觉得其他的人都不可以呢?

或许我会一直继续保持这样,抱着一份无人回应的思念生活下去吧。或许我会一直这样难过，无法前进吧……

在运动场上刺眼阳光的照射下，我眯起眼睛，眼眶里噙满了泪水。

"我听说了，高冈跟你告白了吧？而且你拒绝了。为什么？好可惜！"

中午休息的时候，隔壁班的真理一看到我就跑过来说。这种传言传得也很快啊！我暧昧地一笑，搪塞了过去。

我环视了一下四周，心里想着，"美崎今天会怎么样呢？"

我想起那团粉红色、散发着甜味的空气。她肯定拿着相机跑来，和坚治合影，笑得很开心吧。

不知道为什么我已经开始觉得好累。

我深深地叹了口气。从一开始，不爱上坚治不就好了吗？

如果当时选择一个不会背叛我的人就好了。

我突然想起高冈那真诚的眼神。

"我从刚进学校开始就很喜欢你，山田。"

如果那时，坚治和高冈同时向我告白，我会选择哪一个呢？

我的胸口隐隐作痛。

如果……事已至此……

事到如今，不可能会有不一样的过去了。

直到结束，我在体育祭一直没见到美崎。

一直嚷嚷着说想见见美崎的由希子笑着说，"如果真的见到，我或许会恶狠狠地瞪她一眼吧。"

体育祭一结束，在班里关系不错的穗乃佳便决定和同在篮球部的中泽交往了。

契机是集体舞。听说两人手牵手不过短短几十秒，就决定交往了。

穗乃佳个性很温柔，用"温暖"①这个词来形容她再恰当不过了。

从去年开始就听说穗乃佳喜欢中泽，但是中泽身边当时有一个名叫富美的感情很好的女朋友。穗乃佳很少提起他，也不采取任何行动。

笑容爽朗的中泽和气质美女富美两人站在一起就像一幅画，比我和坚治看起来更像大人。

中泽和穗乃佳啊……

富美应该知道吧。

他们分手是在春假。和我被坚治抛弃几乎是在同一时期。如今我只记得抛弃人的一方是富美。

"一起回家吗？"

体育祭结束三天以后，我收到富美的邀请。

进入梅雨季节的天空是深灰色的，静静地飘着细雨。

---

① "穗乃佳"的日文发音与"温暖"的日文发音很接近。译者注。

虽说约好了一起回家，但实际上我们两家的方向却完全相反。所以我们决定绕到距离学校稍远的一家咖啡馆。

"翔太和增永交往了。"

富美一边说一边拼命搅拌手中的焦糖玛其朵。在女同学里，称中泽为翔太的只有富美一个人。

"好像是。具体怎么回事，我就没听说了。"

富美的表情也像梅雨天的天空一样昏暗沉重，蒙着一层阴霾。

"但是……和中泽提分手的，是富美吧？"

因为我曾深切体会到失恋的痛苦，所以我提起这个话题的时候很慎重。

"嗯，是我提的。"

"你还喜欢他？"

她把视线移到一边，好像在思考着什么。最后细声回答道：

"非常……喜欢。"

"那为什么要分手呢？"

"或许是因为太喜欢了吧。"

富美叹了口气。

我的心中陡然增加了许多疑问。

"为什么？ 既然喜欢为什么分手？"

这个问题让我百思不得其解。

不明白。

至少我的恋爱是直接的。勇往直前地恋爱,不带一丝犹豫。

"为什么呢……翔太对我很专情,很喜欢我。但是,随着我们之间的感情日益加深,我的心里却产生了很多不安。我真的可以吗?如果有一天他对我冷淡了怎么办?我一直被这些问题所困扰,感觉很痛苦。但是,我又没办法把这些想法告诉翔太。是不是很傻?"

富美一口也没喝,只是慢慢地搅拌着杯子里的东西。饱满的泡沫似乎快要从杯口里溢出来了。

"我很害怕。一直都怕。或许在不久的将来就会结束的恋爱真的让人感到恐惧。既然如此,我想干脆由我自己来结束这段感情,或许这样会让我觉得舒服点吧。"

面对这种让人无法理解的感情,我开始有些激动。

"后悔了吧?为什么不回去找他?"

为了掩饰激动的心情,我拼命地这样建议。

"因为自己任性的原因伤害了翔太,我觉得实在很对不起他。分手的时候,翔太也哭了。"

为什么大家都那么痛苦?

为什么我们都不擅长恋爱?

窗外的雨骤然急促起来。

"你恨穗乃佳吗?"

面对我提出的问题,富美黑漆漆的大眼睛变得更大更深邃,长长的睫毛上沾满了泪水,晶莹剔透。

"对不起,她是真帆的朋友。说实话,我曾经想过如果增永不在这个世界上该有多好。但是这并不是因为我讨厌增永。只是因为我喜欢翔太。"

两人走出咖啡店的时候,夜幕已降。空气中弥漫着雨水的味道。雨下得更猛烈了。

虽然我很讨厌下雨,但是它现在的沉重感恰好保护了我们。或许雨水具有承受各种苦痛的能量。

下雨天,是上天在替所有想哭的人哭泣。所以我想无论我们有多悲伤也不必哭。

"正因为这种不安定,青春时代才显得如此光彩夺目、让人着迷。比起笔直而确切的光线,那些不断摇曳的光线才更具魅力。"

父亲以前曾经这样教导我。长大后我才会懂吧。

"世界上没有不经历苦痛的青春。爸爸我十七岁的时候也经历过恋爱和失恋。也曾经在考试前熬夜挣扎,也曾经因为社团活动产生哭的冲动。那时,真的很痛苦。我原以为这种心酸的瞬间永远不会结束。但是最终还是结束了。高中时代、少年时代都如期地结束了。毕业典礼上,我希望继续当高中生。因为我不想失去曾经拥有的时光。但是,永远的高中生活似乎也没有什么意义。如今想起来,那个时候的不安和痛苦只是那个时候应该有的东西。我想这就是所谓的青春吧。现在,真帆你所经历的痛苦和苦闷随着时间的流逝都会变成美好的回忆。"

健谈的爸爸眼神变得很深邃。

"即便如此，我仍旧无法肯定痛苦。我不是一个不憎恨背叛的乖孩子。"

星期天的傍晚，厨房里散发出饭菜的香味。这种充满温情的平常事会让我格外地想痛哭一场。

"你不要太想不开了。真帆你还会遇到各种各样的人。和坚治在一起的那段时间也发生过很多愉快的事情吧。这样不就好了吗？真帆你那么有魅力，没事的！"

家人可以这么肯定我，这么爱我。为什么坚治不能呢？

我的思维逻辑变得连我自己都开始讨厌起来，无论什么时候都会把话题绕到坚治身上。

坚治不在的每一天，我浑身没有一丝力气。不管过了多久，我依然很想见他，比以前还想见。无处宣泄的思念变得越来越强烈。

如果这就是青春的痛楚，那我真想坐着时光穿梭机逃往未来。真想纵身一跃，跨过现在。

失恋三个月，我仍然没有摆脱对坚治的留恋，迷迷糊糊地垂死挣扎着。

"梅雨季节的天空为什么那么阴沉呀？"

由希子叹着气，脸上浮现出她少有的忧郁。

"是啊。"我边点头边按名单顺序整理着交上来的英语作业本。

"哇，没交作业的竟有十人之多！"

"这样可不行，不能交上去啊。"

我站起身，伸了伸懒腰。开启窗户，一阵柔和、湿润的泥土芬芳扑面而来。

"唉，即使早点弄完也没人等我们。啊，是穗乃佳！"

站在窗边往下面看的由希子突然发现了穗乃佳。

穗乃佳撑着一把红伞，她的旁边与她并排站着一个撑黑伞的人。

富美喜欢浅紫色，手机袋和雨伞的颜色都是紫色。

而穗乃佳喜欢像画纸一样的颜色，例如明亮的红色和黄色。这一点非常符合她希望将来能成为一名保育员的理想。

不知道为什么，我的心被揪了一下。

我不知道应该支持哪一边。

穗乃佳很大方，她一直很努力，是一个虽然柔弱但是不会被周围环境所左右的乖女生。

富美总是很严肃，对谁都不服输。

这两个人我都喜欢。

从上面看，穗乃佳撑的红伞在阴沉的梅雨天里就像一朵坚强盛开的花。她喜欢的画纸的颜色总有着一种怀旧感，勾起我们快要忘记的童年记忆。

但愿这个场景不要被富美看到。

我心里这样想，一种近似于祈祷的心情。

"我也想交男朋友了。"

由希子低着头嘟哝着。

"嗯。你是想有个人可以依靠吧。"

或许是因为方才的烦闷导致一种不安定的感觉油然而生，我第一次说出这个词。

"真帆，高冈怎么样？"

"高冈啊，就不要再说我的事情了吧。"

为了摆脱掉刚刚感受到的一丝动摇，我简单地避开了这个话题。

"是吗？已经等了一年了，我不觉得他会这么容易就放弃。"

由希子转过身来，露着小虎牙冲着我笑。

"高冈，是个好人！"

仔细观察，才发现高冈长得一表人才，是个老实人。

"交往看看？"

由希子盯着我说。

"嗯……我现在还没有这个心情。"

"那个人……现在已经有女朋友了吧？"

由希子的脸上写满了对坚治的痛恨。

我不自觉地把视线移开，很想替自己辩解一下。

和坚治在一起的每一天依然清晰地刻在我的脑海里、我的心上，我无法从中挣脱出来。好像施加在我身上的咒语一样。

"美崎……很可爱。嗯，感觉连她呼出来的气息都是粉色的。而且天真得像个孩子。"

我呆呆地回忆着那天见到的美崎。

"你夸她干吗?"

由希子责备我说。

"但是坚治喜欢啊。我从来没见过那么可爱的女生。虽然很不甘心但是我绝对赢不了她。"

"真帆你也很可爱啊。你不知道吗?"

"我一点也不可爱。"

我有一种想哭的冲动。

"真帆你绝对不会输的。哪里都没有像你这样可爱的女生。等坚治发现的时候就晚了!"

由希子加重了语气,甚至变得慷慨激昂。

我想如果她见到美崎就明白了,见到她不断散发出的魅力就明白了。

冷静下来做比较,我感觉非常自不量力。

美崎甜美的声音不断在我耳边回响,我再一次深深叹了口气。

● 草莓色的时光

　　天气预报说要出梅了，又换了一个季节。

　　初夏的风、游泳池的味道、短袖的水手服。

　　我格外喜爱向日葵盛开的夏天。我还喜欢知了疯狂的叫声和将沥青烤得滚烫的炙热的阳光。

　　我觉得没有比夏天更加生机勃勃的季节了。

　　去年暑假，我每天的日程就是中午去补课，和由希子她们一起吃午饭，等坚治社团活动结束后去水果小铺吃冻奶糊或者在小卖店吃冰淇淋。

　　美其名曰等他社团活动结束，但事实上，那段时间我总是和由希子或者小春她们一起唧唧喳喳吵个不停，或者你追我赶闹成一团，或者从小卖店的长椅上看运动场上的社团训练，时间总感觉不够。

　　一到暑假，平日里被绑在一起的一个班就暂时变得七零八落。被解放的同学们立刻充满了活力，就像鱼儿被赋予了自由畅游的权利。

　　"今年的课外补习太辛苦了，太多了吧。"

"好不容易等来一个暑假呢。虽然我也很想来学校，可是……"

"才二年级而已，不用这么拼命吧。"

由希子、小春和我三个人一边抱怨，一边在课外补习课程表上用不同的颜色标明不同的科目。尽管如此，暑假还是暑假。

我贪婪地将夏天的气味吸满整个身体，然后慢慢地呼出来。

加油……即便坚治不在。

课外补习第三天，上完所有的课，我开始整理我的书桌。我非常不擅长收拾东西，如果不这样偶尔整理一下时间久了堆积起来就很麻烦。

"山田同学？"

听到有人叫我，我抬头一看，高冈羞涩地站在那里。

"有事？"

"可以一起回家吗？"

像小狗一样无辜的表情。

连我自己也不明白我为什么这么回答。或许是败给了酷热吧。

"好啊。一起去吃刨冰吧？"

一瞬间，他的脸上立刻闪亮起来。他在我旁边推着自行车，一副喜滋滋的表情好像考了高分一样。

"我,喜欢夏天。烟花、西瓜、午觉。你好像无精打采的啊?"

皮肤晒得黝黑的高冈点了点头。

"山田,你是夏天出生的吗?"

"是啊……你怎么知道?"

"因为你很有活力又开朗,给人的印象就像向日葵。"

他连我最喜欢的花是向日葵都知道?

不,不对。

无论是从他的表情还是话语里都看不出他有任何不良企图。

"真的吗?谢谢。实际上我最喜欢向日葵了。被人这么说,我觉得很开心。"

我感觉心里舒畅了许多。看我很开心,高冈也笑得很灿烂。坐在公车站牌旁的椅子上的老奶奶慈祥地望着我们。她肯定把我们看成了关系很好的高中生情侣。

"啊,看到刨冰啦!"

我手指了一下风中摇曳的旗幡,停下了脚步。

"去公园吃吧。"

我把自行车停在停车场,单手拿着刚刚做好的刨冰。听着刨冰哗啦啦的声音,耳朵也变得凉丝丝的。

"草莓味的,舌头都被染红了!"

他一边说一边把被色素染红的舌头伸出来给我看。不知道为什么我看到高冈有点脸红。

这一天是我上高中以来第一次和坚治以外的男生约

会。

天空一片蔚蓝,万里无云。到处都充满了夏天的味道,满满得似乎快要溢出来似的。我久违地感到我也可以笑得很平静。

"手好黏哦。总是这样,不管多注意最后都会变成这样。"

"有自来水管。去洗洗吧。"

两人一起站在自来水管前。

"请! 小心一点别溅出来。"

我把双手放在水龙头下面,高冈帮我拧开。

温和的水渐渐变凉,手也变干净了,我依然站着不动,任由水流从指缝中嬉戏而过。水滴在阳光的照射下闪闪发光,又迅速向四周散开。

"差不多洗干净了吧?"

高冈笑着说。

"阳光下的水为什么看上去那么干净呢?"

我把双手掬满水,举到胸前,洒下。

水滴一颗颗落下。闪闪发光地下落,闪闪发光地飞溅起来。

每一滴都映出夏天的样子。自来水幻化成夏天的水滴,发出耀眼的光芒。

"因为它可以映出各种各样的东西。"

他脸上似乎写着"肯定是这样"。如果是这样的话,我们身边的一切该有多美啊。

"正在发生战争的国家,水看上去肯定很悲伤。"

电视中看到的战争影像从我脑海中掠过,不知名的痛楚在心中蔓延。

"虽然我不是很了解,但是相反的,我们希望看到的是自然与温情这些象征生命力量的东西,而不是惨痛的战争。"

他回答道,温柔的笑脸透出一丝丝难过。

偶然遇到美崎是在暑假过去一周后的那个星期一下午,在街道附近的大书店。

书店是一个很特别的地方,在那里时间的流逝方式和外界截然不同。在那里,无论是在白天还是深夜,时间总是流逝得安静、神圣和缓慢。

那里有很多人,但是因为每个人都沉浸在自己的精神世界里,绝对不会互相干扰。我非常喜欢那种纯净的漠不关心,所以经常一个人去。

在店内转了一圈之后,我朝着平时总爱光顾的杂志柜台走过去。在那里看到一个穿制服的女孩子。

白衬衫,深蓝色的短裙。藏青色的长筒袜上点缀着星星的标志。

是美崎所在的星陵高中的制服。我的视线不自觉地被吸引过去。或许感觉到有人在盯着她看,女孩子抬起了头。

一瞬间,在过度的冲击下,我差一点摔倒。

那确确实实是美崎本人。

上次散落卜采的淡茶色头发今天被盘起来,用发卡固定了。发卡上镶嵌着许多丝线,明晃晃地闪着光。一些掉下来的碎发将她又白又细的脖颈衬托得愈加梦幻。

她把那本有关串珠饰品的书放回书架,慢慢地走开了。

店里播放着优雅的古典音乐。

美崎走了,我也走。好像被一条看不见的线所牵引,我一直跟着她。

美崎周围的空气一动,便散发出一股甜美又清澈的香气。记忆重现,我的心一阵纠结。

小说、漫画、杂志。美崎悠闲地在店内转悠着,最后从收银台附近的陈列架上取了红茶味的糖果,付了钱。

从有空调的店里走出来,现实的夏季世界正等着我们。在明亮的烈日照耀下,我感到一阵眩晕。

美崎骑上自行车。我急忙跟上去。为了不引起她的怀疑,我有意识地跟她保持一定的距离。

过了一会,她走进住宅区。转过几条窄巷后便到了她家。院子里盛开着许多向日葵,白色的墙壁加上刺眼的红瓦,这是一座可爱、令人难忘的房子。

住在如此梦幻的房子里、长相可爱、能进星陵高中、又聪明又多金……而且又让坚治着迷的美崎。

她把自行车停在她家旁边的空地上,从包包里拿出一个钥匙圈,叮叮当当地开了门。她进去后,就立刻传来锁门的声音。

我看了一下门牌，上面写着"岸田"。

我走进岸田家正对面的公园。把背包放在椅子上，在自动贩卖机上买了瓶瓶装茶，然后坐在背包旁。汗水一点点地从毛孔里渗出。

热……

为什么我在做这种事？

在这么热的夏天，在这不知名的公园，跟踪我曾经很喜欢的前男友的新女朋友。

我在做什么呀……

附近的沙坑里，幼儿园小朋友模样的三个小孩拿着小水桶和小铲子在玩，秋千旁边也聚集了几个小学生。旁边的树荫下，年轻的妈妈们开心地聚在一起闲聊。

像画中描绘的那样宁静的公园。知了的叫声让人心烦，时不时还会听到婴儿的哭声。

我穿着制服像个傻瓜一样待在那里直到天黑。期间，家人把幼儿园小朋友带回了家，几个中学生来这里练习投球。

我到底想做什么呀……我反复思考这个问题。当然不是想报复美崎。

这一点我可以确认。

我只是想见坚治。希望他抱着我，告诉我说他哪里都不会去。

苦闷得要死，寂寞得要死。

夕阳的色彩越来越浓，天空美丽得有些悲壮。

太阳完全落山后，公园里来了一个大学生模样的男子。

那个男子在椅子附近的自动贩卖机上买了一瓶茶后，坐在空无一人的沙坑边上，然后直直地看着我。透过他的眼神，明显可以感觉到敌意。

蛇一般黏性十足的眼神。我很惊讶他就那么想要这张椅子吗？

但是，这是事实，拜他所赐我终于下定决心回家。

回家的路上，我一边骑自行车一边双眼空洞地环视周围昏暗的街景。虽然自己就在这里，但是我总有种自己并不在这里的奇怪错觉。

我是高中生，现在要回家，我被甩了，我不知道这所有的一切到底是真的还是假的。

"不是太晚了吗？虽然夏天白天时间长，但是已经八点了呀。夏天经常会有一些色狼之类的危险的人出没，趁着天亮的时候回来啊！"

"嗯。但我是和由希子一起的。一直找不到想要的习题集。"

我流利地说着一时想起的谎话。

"这么说，由希子现在还在外面晃吗？家里人该多担心啊。"

我看到妈妈的脸色有些不高兴。

"我刚刚才和由希子联系过。"

为了不让谎话被识破，我又撒了另一个谎。

我什么时候学会笑着撒谎了？

我呆呆地坐在电风扇前，风呼呼地吹在我的脸上。所有的事我都不明白。

"真帆你也变了哦。"

脑海中突然想到洋海不知何时曾经说过的话。

● 夏色乡愁

第二天早上,我穿着制服像往常一样出了门。

食物、望远镜、素描本、颜料、数码相机。

平常带的东西加上这些,背包从来没有像现在这么满过。

我独自一人悠闲地蹬着自行车,沉浸在夏日的氛围里,觉得好孤单。不知道从哪里传来敲打棉被的声音。和小时候一样,天空很高,飘着几朵白色的积雨云。

绿色的树木、白色的墙壁、黄色的向日葵、晴朗的蓝天。

我坐在昨天坐过的那张椅子上,取出素描本。画画还是我比较擅长的。

为了掩饰我在跟踪她,也为了充分利用时间,我想画画是个不错的主意。这样的话,望远镜和数码相机也不会让人觉得奇怪了。

我把各色颜料挤在调色板上之后,给由希子发了条短信。

"早——。由希子☆今天去补课吗?我请假。如果可以的话,能帮我跟老师说我感冒了吗?"

以前从来没有向由希子隐瞒过什么。但是这件事情不能告诉她。因为我害怕她会不理我。

"早☆真帆你很少不来呢——。好孤单哦！我会跟老师说的。你好好休息哦★"

好温暖的回信。

尽管只是一点点，但是她确实减轻了我的孤独感。

对你保密，对不起呀！

一想到一有事情就立刻抱住我的由希子她那可爱的笑脸，我就好想哭。

我站起来，往自动贩卖机里投了几枚硬币。

拿起有点苦味的葡萄柚果汁，咕噜咕噜地灌进嘴里。好像为了摆脱什么似的，我一口气将它喝光。之后，我将视线定格在对面的方向。

我目不转睛地望着岸田家那几扇可以看到的窗户。美崎的房间好像在二楼，从窗帘的缝隙中可以看见衣架上挂着的制服。

针扎似的痛楚在我心里游走。

她所就读的星陵高中很有名，是为数不多的几个没有课外补习的升学后备校之一。再加上，众所周知的气派的校园祭，理所当然人气很旺。

星陵学生好打扮，在一片歌颂美好青春的氛围里，大学升学时几乎全部都能考入全国有名的大学，是一所所有人都认可的精英学校,说它是很多人心中的梦想学校一点都不为过。

我所就学的第三高中也是作为升学后备校而出名的,但是完全比不上星陵的牌子。

而且,拥有许多富家千金、美少女学生的星陵对于男生来说,也是希望在那里找女朋友的首选学校。还听说在那些疯狂的粉丝中,曾有人秘密高价买卖星星图案的短袜。

我细数了一下美崎所拥有的一切。

清秀的脸庞、标准的身材、栗色柔顺的头发、甜美的声音、星陵的牌子、向日葵盛开的院子。还有,无论我如何想得到也得不到的坚治的心。

有人会因为太寂寞、太难过而一整晚难以入眠,这些美崎知道吗?

喜欢的人离你而去,那种无法阻止的无力感,喜欢一个人连做梦都会梦到他,无法将这份感情彻底放弃的懊恼感,这些她总有一天会体会到吧。

我无须考虑也知道。

对于含金匙而生的美崎来说,这些想法她无法理解。

你已经拥有了一切,不是吗?即使不是坚治,你也无所谓吧?

眼泪即将夺眶而出,我闭上了眼睛。

……可我只有坚治啊。

我每天都不去补课,一边跟踪美崎一边画向日葵。

夏天依旧是夏天,但我感觉今年的夏天湿度比较高。无论到哪里,都能感觉到空气的浓度。

闷热得让人窒息的夏天每天都如期而至。无论是在家里还是在公园,它都紧追着我。

我把夏天看作寂寞的季节,这还是第一次。我一直觉得夏天是明亮、清爽、雀跃的季节。

我想这是因为一直以来我和夏天之间没有温度差的缘故吧。

随着季节的变换,我的温度也单纯地、自然地随之上下变化。

虽说是在跟踪,但我这几天一直很专心。画画的时候我很开心。我有一种错觉,即使不去想坚治的事情也无所谓,一旦使用漂亮的颜色作画,那颗被嫉妒污染的心也会渐渐被净化。

但是,我仍然一丝不苟地做着"本职"工作,每天观察美崎。

观察过程中我发现许多事。

美崎住在岸田家,但她的名字却叫"朝仓美崎"。

尾随过程中,我发现有一个星陵的男生一见到美崎就会笑嘻嘻地上前搭话。

"朝仓同学!"

他很明显对美崎有好感。而美崎无论对谁都是用同样甜美的笑脸相迎。那种甜美的感觉,如果不知道的话任何人心里都会产生淡淡的期待吧。

美崎的香气足以令人发狂。

"今天我无意中从这条路过来。"

美崎笑着说。

他入迷地望着美崎，好像看到了从天而降的天使。

"学校见喽。"

美崎完全没注意到，那个男生望着美崎微笑离去的背影，足足驻足了十八秒钟之久。

住在岸田家的包括美崎在内共有三个人。一个慈祥的叔叔和一个可爱的小女孩。女孩的名字叫美优璃。

另外，每天都会有一个叫由美的中年女佣过来买东西、做饭、洗衣服、打扫、接送美优璃去幼儿园。

美崎也经常去接美优璃。美优璃也非常喜欢美崎。

"不要哭哦。没有人会欺负美优璃的。"

美优璃一哭，美崎总是这样温柔地安慰她。她笑得很温柔。但是，也时常看到她一脸孤单的样子。

如果当初没有跟踪她就好了。

我后悔不已。

如果不去了解美崎该多好。

通过观察我发现，越了解美崎就变得越来越无法恨她。

这绝对不是因为美崎的性格比我想象中要好得多。虽然说不上来，但是每次看到美崎，我的心就会掠过一丝痛楚。

她看上去明明是在笑,但却好像在哭。她孤单的表情在我脑海中挥之不去。

或许是因为我心中那份极度的寂寞感与她产生了共鸣。或许我在美崎身上发现了与现在的自己非常相似的某种东西。

当我意识到这些时,我开始莫名其妙地焦躁起来。不讨厌美崎了可不行啊……

然而,在越来越了解她的同时,我开始越来越想不起坚治的事情。我不再因为他而哭泣。整个世界又开始正常运作了。

虽然偶尔想起坚治依然很难过,但是那种难过已经不再伴有苦痛。

连我自己都很惊讶的是,我的跟踪行动已经开始纯粹地以美崎为目标了。与坚治无关,我想我希望进一步了解美崎这个人。

可能我也被美崎的魅力迷住了吧。或许这也是不正常的。

然而,从开始跟踪她的那一刻开始,我就未曾考虑过自己到底正不正常。

哪怕是一点点,我也希望可以多了解美崎,这样就够了。

这便是我崭新一天的开始。

"真帆，你每天都不补课，都在哪里呀？做什么呢？"

在我跟踪生涯开始的两周后的一个闷热的晚上，洋海来到我的房间。

我当时正呆呆地望着天花板，听到洋海的话，我噌地一下跳了起来。

"怎么了？难道是老师来家里了？"

"如果来了，妈妈他们不就都知道了嘛。是电话。原田老师打电话来问真帆的身体怎么样了。"

"然后呢，你怎么回答的？"

我吓得脸色苍白。因为过于沉迷于美崎的事，我已完全将现实世界弃之不顾。

"我说，她每天都去学校啊。"

洋海淡淡地回答。

"不！怎么办？"

一瞬间，我的脑袋一片空白。

事到如今再反省也迟了。应该事先安排周全的。我最近一直飘飘然，连由希子的短信都忘了回复。

"骗你的啦，我替你摆平了。说你热伤风很严重。老师说让你多保重。"

洋海看着坐立不安的我，笑着说。一副捉弄人的表情。

前一瞬间已然吓傻的我，在这一瞬间如释重负地瘫坐了下来。从洋海的背上，我似乎看到了翅膀。

"太好了——"

"那，你认真告诉我你在做什么。我可是冒着生命危险帮你的哦。高风险高收益，一旦露馅我也是共犯呢！"

他饶有兴致地盯着我。

"也没做什么特别的事情。就是画画什么的。"

这应该不属于说谎吧。

"画画？为什么突然对艺术有感觉了？"

"没，只是突然有了心情。要看吗？"

我从背包里取出素描本。

"哎……果然很厉害。在哪里画的？"

他嘴里发出啧啧的赞叹声。他这种率性的反应我以前
就很喜欢。

"是我偶然间发现的一个公园。怎么样？还不错吧。"

洋海刷刷地翻着，粗略地浏览了一遍。

"这个人是？"

翻到最后一页，洋海有些吃惊地问道。

那是两天前画的美崎。

因为每天都见，所以即便本人不坐在面前，我也可以画
个八九不离十。与其说那是肖像画，不如说是美崎本人和
我心中的美崎形象叠加而成的结果。

"好美啊。你有模特朋友？"

洋海的眼睛放着光。

"没有模特。随便画的。"

在被看穿之前，我冲他笑了笑。

"哼，那就算了。如果真有这样的人我肯定会迷上的。
想象中的最好。"

洋海把画举过头顶。

"喜欢上画中人怎么办呀？嘿，这是真帆的实力呀。"

我又笑了笑。但是此时一种奇妙的感觉涌上来，令人无法抗拒。我周遭的男生们似乎都会被美崎所吸引。

"真帆，偶尔也参加一下课外补习啊。"

洋海梆地敲了一下我的脑袋说。

好像哥哥一样。

我们的姐弟关系也在慢慢地发生着变化。

这晚，我做了个梦。

坚治在我身边，和我谈论明天的约会，就像理所当然的一样。在梦里，既没有樱花树下的分手，我也没有去跟踪人。坚治认真地望着我的眼睛，一脸温柔。

如此这般，就像理所当然的一样，从昨天到今天，从今天到明天。

早上五点，我在闹铃响起之前就醒了。反复回味着梦中的剧情，我注意到一个事实，随之愣住了。

相信一切都不会发生变化的彼得·潘，或许正在某个地方害怕着某件事情告一段落。

让我感到苦闷的原因并非分手本身。而是因为，原本理所当然的生活突然发生变化，这让我觉得很难过，而我却无法接受这样的变化。

我一定很希望所有的一切永远都不会发生任何改变。

我出奇地贪恋人的体温。

我拉起已经被蹬到脚下的夏用薄被，紧紧地抱着。

我不经意地想起小时候的事。小时候，我也会因为一些小事而难过。那时，我就经常钻进爸妈的被子里，紧紧抱住他们。

我知道他们一定会紧紧地回抱我。心中难过的感觉就会随之消失。

十七岁啊。成长得很慢。

依然很容易难过。

我抬头望着渐渐发白的窗外。

或许大家都很寂寞。或许是因为不知如何排解心中的寂寞，所以才恋爱。

沉迷于爱情，爱上某人，和某人互相拥抱。因为如此一来，我们就再也感觉不到生活的孤独。

至少和坚治在一起的日子里，我未曾感觉到孤独。

每天都笑着谈论各式各样的话题。假日约会回家的路上，我们的手肯定是牵着的。说再见之前，在空无一人的公园里接吻。这些事情无论经历过多少次，我都会心跳到不行，然后突然变得很孤单。

那时，我心里就会不断地安慰自己还有明天，所以才能怀着一份温柔的心情挥手说：

"明天见。"

和他一起看过的傍晚的街景，总是美丽得让人觉得伤感。

夏日的天空，红色、橘色、紫色的云彩与阳光交织在一起；冬日的天空，只有太阳即将下山的群青色天空的西侧泛着透明的、淡蓝色的光。

站在那里的我们不可能永远在一起，这一点我们肯定都清楚地知道。尽管如此，我们还是装作没有注意到似的，共同踏上被夕阳染红的归途。

我们觉得，即便五十年以后我们和不同的人在一起，即便一百年后什么都没了，现在就是所有，现在就无限接近于永远。

我们清楚地知道自己被世界、被自己欺骗了，即便如此我们仍然希望装作没有发现真相。

我想那是因为我们希望珍惜所有的一切，即便它们将来都会发生变化。

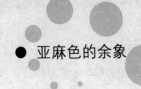

● 亚麻色的余象

　　暑假只剩一周,除了正午的余暑外,过了傍晚,就会吹起初秋的风。残余的积雨云折射出的暗红色已是一片深秋的颜色。

　　两个季节正面交锋的天空看上去混合了双方的美丽,让人产生无限遐想。

　　在实实在在流逝的时光里,我依然每天去看美崎。

　　去了解她已经成为我生活的一部分。美崎有时会外出,而我每次都牢牢地跟着。我的跟踪方式越来越高明,越来越自然。

　　即便如此,我依然没有看到坚治恋情的结束。

　　在我知道的范围内,美崎和坚治几乎不见面。不上课的时候,坚治有社团活动,而美崎却在室内运动。

　　另外,美崎也不和其他男生见面。我只见过为数不多的几次她好像在和坚治煲电话粥。

　　然而,两人正式见面的时候已经到了分手的时刻。

　　"我们不要见面了。你也不用来找我了……"

从美崎口中听到这番话的时候,坚治一脸的憔悴。但是他仍然试图挽留。

"美崎你希望我怎么样?如果你认真告诉我,我一定会变成你向往的男人。只是我不知道,美崎你想要什么。我真的不知道。"

他拼命地哀求。这种哀求的眼神、痛苦的身影让我觉得好心痛。

我心情很平静。"啊!自从和美崎相遇之后,难道他一直在恋爱的阴霾中挣扎彷徨吗?"

"连我自己……都不知道。但是我们以后不能在一起了。对不起,我自己也不知道。"

面对连理由都说不清楚的美崎,坚治最后还是痛苦地接受了。

轻松把我甩开的坚治这次却被美崎轻松地甩开了。

然而,不可思议的是,我的心并没有发生动摇,也并没有因此松一口气,也没有责备任何一方的心情。但是我觉得很难过,这却是事实。但并不是因为这段感情的结束。

当然,我也没有因此停止对美崎的跟踪。

在我看来,美崎是个有魔力的女生。如果说得具体点,她是个天赋异禀的小恶魔。

她身上有某种东西可以吸引所有见到她的人。有种破坏周围一切的危险性。充满着不可思议的诡异感。人们称这种东西为"费洛蒙"或者"奥拉"。

美崎非常擅长吸引对方。她长相本身就比较突出,而且连她的笑容也像天使一样美丽。没有人会不喜欢她。甜美通透的声音、天真的说话方式造就了她绝妙的魅力。稚气未脱的表情和温柔个性都是惹人怜爱的要素之一。

　　然而男生对美崎着迷的最终原因还是在于她难以捉摸的性格。

　　正如他们分手的时候坚治所说的那样,或许谁都无法读懂、了解美崎到底在想什么。

　　例如,美崎很胆小,最怕独自一人走夜路。如果有事回家晚了,她紧张奔跑的样子近乎神经质,一副要哭出来的表情。但是,她却可以站在黑漆漆的空地上一个人呆呆地看星星。

　　和坚治分手后,美崎立刻就交了新的男朋友。

　　这位名叫秀的男生是星陵学生。从对美崎表现的温柔当中就能看得出他将学园的圣母玛利亚追到手的喜悦之情。

　　无论在哪里在做什么,只要美崎一唤他,他就会立刻飞奔过来。如果美崎面有愠色,他就会使出浑身解数博美人一笑。

　　美崎有一次跟他说:

　　"你每天一定要认真想我,千万不要忘记哦。"

　　他立刻将美崎宝贝似的拥入怀中。但是,被抱在怀里的美崎脸上丝毫没有恋爱的表情,只是一如既往的寂寞。

　　又有一次,美崎一脸无辜地凝视着他说:

"我拜托你，请让我一个人待一会。"

我原以为她决定分手，但是下一次再见面的时候，美崎又像天使一样张开双臂，天真地笑着说：

"抱抱！"

他太爱美崎了，只能苦笑一下，温柔地抚摸她的头。

"再抱紧些！"

美崎低着头，撒娇似的小声说。

再下一次两人见面，美崎哭了。他想要抚摸她的头，但是她很自然地避开了。

"我想去温暖的地方，例如南方。一个绝对不会变冷的地方。"

秀慢慢放下欲罢不能的手。失魂落魄的模样和坚治一样。

美崎是个被男子宠爱的天才。

然而……美崎从来没有爱过谁。

令人意外的是，美崎却有很多女性朋友。

因为懒得出门，所以说不上她很会交际应酬，但是她是一个招所有人喜欢的女孩。这或许证明了她自身的魅力是货真价实的。

她和朋友在一起的时候总是表现得很开朗和活跃，光盖群芳。

但是无论和谁在一起，她看起来都很寂寞。那一瞬间的表情，所有人都会注意到吧。

坚治和秀也注意到了吧。

"美优璃,这边!"

伴着甜美温柔的声音,美崎和美优璃走了过来。在她们身后看到了那个叔叔的身影。

八月的最后一个星期天。公园罕见地很冷清。

我一边在素描本上画着傍晚的街道,一边依旧观察着美崎。美崎穿的无袖上衣上面点缀着许多小玻璃珠。美崎一动,玻璃珠就会因为阳光的关系,闪闪发亮。这让我想起了曾经和高冈一起看过的自来水管上的水滴。

三个人开心地在沙坑上堆小山。然后在刚堆好的小山里挖隧道。

"隧道可真难挖啊。"

"也许是因为水不够吧。"

站在眼看着就要倒塌的小山前面,那个叔叔和美崎歪着脑袋说话。

"美优璃去打水啦。"

美优璃拿着挖沙坑用的小水桶跑走了。小小的身体里充满了负责取水的使命感。

"别摔倒哦!"

两个人同时喊。

"美优璃长大了。以前的话肯定会要求你和她一起去。"

"因为明年就是小学生了。太快了。"

一边加固小山一边说话的美崎看起来像个大人。

和家里人住一起的时候，围绕在美崎身边的空气看上去不是粉色，而是更通透、更静谧的颜色。

"肚子饿了。刚才由美准备了炸鸡哦。"

"好啊。炸鸡。听了才发觉真的有点饿了。"

那个叔叔按了按肚子。

"是吧。一定要多吃点哦。"

美崎站起来等着。美优璃正小心翼翼走过来，生怕桶里的水洒出来。

公园里的树木依然凉爽，时不时传出茅蜩的叫声。落山前的夕阳散发着金色的光芒，映入眼帘的一切看起来就像一片怀旧布景。那位叔叔夸张地表扬着顺利打水归来的美优璃。

美崎温柔地望着开心喧闹的美优璃。

夕阳下的三人好像幸福的剪影画一样，融入在温暖、怀旧的景色中。

即便将视线移开，这个景象也深深刺激着我心里某一块敏感部位。即便是现在想起来，胸口都会一阵绞痛。

无论是傍晚回响的汽笛声，还是美优璃稚气喧闹的喊叫声，或是不知从何处飘来的晚饭菜肴的香味，既让人觉得幸福，同时也让人感到难过。

美崎浅色的头发在阳光下闪闪发亮，随风摇摆。

所有见过她的人，恐怕无一例外地都会爱上她。然而望着美崎，我为什么会觉得那么孤单呢？

新学期，我们拼命地拽着夏天的尾巴，不情愿地来到高中学校门前。

久违的学校是新鲜的。这是我许久没有回头看过的现实世界。

"由希子、真帆，你们一直没来补课在做什么呢？"

开学典礼前，前往体育馆的时候，小友中途边喊边跑过来。

去年和我们同班、同组的小友在我们当中最保守，声音也最大。

"真帆是热感冒。我只是喜欢翘课罢了。"

由希子笑着说，一副没什么大不了的样子。

"你逃课了？"

我吃惊地望着由希子。她很少翘课的。

"这个夏天睡得真饱啊！"

由希子保持一贯的笑容说。她的笑容里有些阴影，突然间我被一种罪恶感所笼罩。

"我睡得太多了。你们两个都不在，我好孤单啊！"

只有小友满面笑容，看不到丝毫阴霾。她的两只胳膊分别挽着我和由希子。

说不出的难过。不管什么事，我们如此好的交情，我竟然搪塞由希子，我是多么无情！

仔细一想，我和由希子那么长时间没有见面，是我们认识以来的第一次。如果是以前，哪怕是短消息，我也会多多少少认真回复的。

"今天我一直睡。最近，太困了……"

"真帆，你感冒快点好哦。因为担心你，我每天坐立不安的。"

　　几乎全是这样的内容。很容易寂寞的由希子整个夏天肯定一直忍受着煎熬。她完全相信了我的谎话。

"对不起。我没顾得上你。"

　　我们继续往体育馆方向走。我边走边开玩笑似的道歉说。

"真的呢，我好寂寞！"

　　由希子模仿小友的语气。撒娇似的笑脸，如同平时的她。

"对不起。"

　　这次我很认真地又说了一遍。

"没有啦，真帆病好了才是最重要的呢！"

　　我们手拉着手，你一言我一语地走着。

　　由希子的手像小孩的手一样，摸起来既温暖又柔软。因为太喜欢这种感觉，我的心情也变得柔和了下来。

"加我一个——"

　　是跑过来的小春。

　　校园里已然吹起了初秋的风。我们沐浴在温和明媚的秋日阳光中。我和由希子使了使眼色，像事先商量好似的跑开了。

"等等我——"

小春笑着追上来。

原田老师站在走廊上，看到我们三个唧唧喳喳的样子笑着说，"山田，你病刚好，不要勉强啊。"

在学校的时间总是那么快乐。这是千真万确的事实。

但是，我开始在意在我见不到美崎的时候，她心情如何？她正在做什么？心里陡增一个不认识的人，这种感觉令人感到恐怖。

这简直是种恋爱。

无论我做什么，她的身影都会浮现在我的脑海中，甜美的声音也一直回荡在我耳边。坚治当时移情别恋弃我而去，现在看来不足为奇。

"真——帆。你在发什么呆啊？"

新学期大扫除。加奈见我拿着拖布一动不动便问道。

"嗯，正在想一首歌的歌词。总是到中间的地方就想不起来了。"

"什么歌？"

加奈饶有兴趣，停下了手里的活。

"Green Green。作为当月歌曲，小学的时候你没唱过吗？"

"哇，好怀念啊。那不是一首悲伤的歌吗？"

加奈的眼睛立刻闪烁起兴奋的光芒。

大家都格外喜欢怀旧。

"结尾怎么唱的来着?"

加奈在歪着脑袋冥思苦想,旁边的穗乃佳小声地唱了起来。

穗乃佳的歌声温柔之至,如同摇篮曲一般,听起来令人感到恬静而愉悦。我们怀着一份平静的心情开始拖地,任秋风吹拂。

然而,我心里依旧想着美崎的事。

美崎昨天去幼儿园接美优璃的时候,也是这么哼唱的。然而,她那清澈甜美的声音时断时续,让人感觉她随时都会昏厥过去。又如同被遗弃的孩子的声音,充满了寂寞和感伤。

第二天,日本史课上课之前,穗乃佳递给我一本小书。

"这是小学时候的东西,上面有 *Green Green* 这首歌,所以我就拿过来了。昨天我看了看,小哭了一下下。"

书的封面印着卡通图案。

"谢谢,这个可以借给我吗?我想在接下来的日本史课上看看。"

我眼睛扫了扫那本书的目录。

"嗯。还有很多其他让人很怀念的歌哦。"

穗乃佳一边正经地说,一边开始把世界史的教材放进自制的手提袋里。蓝色布料上缝着许多毡布做的红色、白色、橘色的郁金香,还绣了一只可爱的黄毛小鸡。

她将来恐怕会让她的小孩也拿着同样可爱的手提袋吧。多么温馨的将来啊。

说到温馨，日本史的老师毫不逊色。老师亲切得像一个老爷爷，讲课经常跑题，让人忍俊不禁。

有些同学非常喜欢老师讲述的有关战争、新撰组①以及赤穗浪人②的故事。只要老师一跑题，他们就开心得不得了，听得入神。如果其他人说话的声音大一点吵到他们，他们就会一脸厌恶地回过头来冲那些人竖起食指，"嘘！"

因此，日本史课上总是很安静。我本身就很喜欢历史，但更喜欢这种安静的气氛。

上课用的阶梯教室比其他教室冷一些，光线也有些昏暗。大开的窗户通风很好，偶尔还能听到从外面传来的移动面包房的音乐声。

总之感觉很舒服，有一种被某种东西保护着的安全感。缓缓流逝的时间、前面打盹的朋友、远方泳池边传来的笑声、老师沉稳的声音，这一切都让人感到无比愉快。

一开始上课，我就赶紧寻找那首歌。

有一天，爸爸和两个少年聊天，爸爸教导少年难过悲伤的时候也不要哭泣。那时少年知道了世上也有难过悲伤的

---

① 新撰组：日本幕末时期一个亲幕府的武士组织。编者注。
② 赤穗浪人：1701 年，江户城的吉良上野介义央侮辱了播州赤穗城城主浅野内匠头长矩，长矩自杀。他的四十七名家臣成为浪人，又合谋杀死义央，然后全部自杀殉主，即历史上的赤穗事件。编者注。

事。然而少年一直固守着和爸爸的约定，即便哭泣依然挺起胸膛面对一切。内容就是这样。

我陷入了沉思。以前我一直以为这首歌是一首纪念爸爸去世的悲歌。因此少年才下定了即便一个人也继续积极生活下去的决心。

但是事实或许是这样的：两人聊天的时候，少年还很年幼。因此无法理解爸爸所说的话的含义。终于，他长大了，知道了生活的艰辛。但是此时他已经不再是被宠爱的年纪。不能被宠爱的原因并非因为爸爸不在了。有一天，少年意识到，从今往后他必须独自一人坚强地生活下去。

美崎的歌声和歌词重合在一起。从窗户看到的蓝天是如此之高、如此之深、如此之远。

老师依旧静静地上着课，偶尔有风吹过，翻起雪白的笔记本，沙沙作响。

● 琥珀色的光

"真帆,去看烟火吗?"

由希子打开便当的盖子,问道。

煎鸡蛋配西红柿,炒蔬菜配虾仁花椰菜沙拉。她看见这色彩斑斓的便当联想到烟花,这一点确实不难理解,我也不由得感觉很开心。

九月的第二周,这个周末市内有大规模的烟火大会。我每年都会穿着和服去赏烟花。去年是和坚治一起,之前是和洋海一起。

"我去,一起去吗?"

"那高冈呢?"

由希子似乎对他很中意似的。

"我们并没有交往啊。"

我装作若无其事的样子把吸管插进橘子汁里。

"你没被约吗?"

由希子笑着问。她的表情似乎希望我被高冈邀请去看烟火。

"喂,喜欢一个人到底是什么样子啊?"

"不要问我。这边只有真帆知道吧。"

由希子把配料撒在米饭上，一脸的为难。

"嗯……最近不知道了。喜欢坚治的时候，只要在一起就开心，原以为两人一定会一直在一起。但是，如果高冈比坚治早跟我表白的话，我就会和高冈恋爱，也一定会想要一直和他在一起。这当然不是说对方无论是谁都无所谓，但是，我现在觉得坚治并不是独一无二的。"

豁达的恋爱言论逐渐增添了点哲学意味。

"刚开始或许是这样，但是在交往的过程中不就变成独一无二的了吗?"

由希子将多余配料拨到我的便当上。色彩斑斓，如同绚丽的烟花。

在她看来，恋爱对象一定和星星王子心目中的玫瑰花是一样的。

一开始不会因为它特别而喜欢它。在不断关切的过程中，才会把它纳入无可替代的"特别圈"里。

"你觉得我可以和高冈一起去看烟花吗?"

"当然。至于是否交往，以后再考虑不就好了吗?"

我知道由希子正拼命地鼓动我，希望我能早日开始新的恋情。

"如果我主动约的话，就好像给他希望似的。"

眼前浮现出高冈的笑脸。

"如果你们一起去看烟花的话，你们就有可能。……如果他主动约你的话，与其说有可能还不如说你会更清楚地知道他的心意。"

由希子露着小虎牙，一脸的坏笑。

"既然是这样，那如果他约我，我就去。"

我把煎鸡蛋放进嘴里。甜甜软软的味道在口中蔓延，连心情也变得轻飘飘的。

不变的味道，变化的我们。

"啊，真帆。烟火大会的第二天就是实力测验！"

墙上贴着考试安排表。由希子看着安排表，慌慌张张地喊道。

高中二年级。

我们有太多重要的事情，丝毫没有停下来的时间。

放学后，我和由希子还有英语课代表的工作。必须把交上来的英语作业本分别放到同学的桌子上。这是一件相当麻烦的工作。一个人念作业本主人的名字，一个人对照座次表说应该放在哪个座位上。

"啊，这次的印花真可爱。是哆啦 A 梦图案哦！是因为真帆之前建议过吧？"

由希子翻开笔记本，指给我看。是哆啦 A 梦飞在空中的印花。

"哇！太开心了。回到家一定要涂上颜色。"

我们立刻精神抖擞，开始麻利地分发起来。这次由希子指示，我放作业本。如果是平时，教室里留下来的朋友就会像做游戏一样帮我发。但是或许因为有考试，教室里没什么人。因为太安静,连远处的虫叫声都能听得到。

就在这个时候。或许是一片寂静中我们的喊叫声过于突兀,有人被我们所吸引,走廊里传来了脚步声,停在我们教室的门口。我好奇地凑近一看,站在那里的竟是高冈。

"真帆? 是谁啊?"

由希子一边确认座次表,一边随口问道。

虽然走廊里光线有点暗,但是我却很清楚地知道,我和高冈肯定脸都红了。

"谁啊?"

由希子啪嗒啪嗒地一路小跑过来。

"啊……真帆! 我突然喉咙痛。我去漱漱口!"

看到我们,她立刻灵机一动,径直跑到走廊上去了。

剩下我们俩不自觉地相互望了望,笑了。

"我听到声音……我想一定是山田你。"

和高冈两个人单独说话是许久许久之前的事了。吃草莓刨冰的那天,我们之间的距离确实缩短了,但是我还在犹豫。

"仅凭声音就可以知道,你太厉害了! 因为今天很安静,我们的声音太大了吧。"

"即便是在喧闹的情况下,我也能立刻分辨出山田你的声音。无论在哪里,我都能立刻认出来。"

昏暗的空间里只有我们两个人。听他这么一说,我的心开始扑通扑通乱跳。抬头再看他,他笑得很温柔。

"高冈你考试复习了吗? 你学习很好,尽人皆知呢。"

他谦虚地笑了笑,摇了摇头。他真是一个能让人产生好感的人。如果和这样的人在一起,每天一定会很安心、很开心地度过吧。这种感觉如此之深切。

"山田你复习得怎么样了?"

"一点都没复习。我们在谈论烟火大会的事。每年都会去,但是今年竟然遇上考试,真是晕啊……但是烟花还是比考试更重要。"

高冈猛然转过身来。

"烟火大会,你和谁约好了吗?"

好害羞,好像我故意引导他这样说似的,我不自觉地低下了头。

"如果,你没和其他人约好的话……"

一抬头,在走廊的尽头我看到由希子的身影。她正开着窗户望着天空。她的身影好像在催促我,我赶紧回答道,"这个嘛……我没和谁约好。所以……一起去吗?"

"我去!"

他立刻回答道。

一股暖流在我体内迅速蔓延,身体被一种无法形容、不可思议的感觉所占据。我心里一片混乱,眼泪似乎都要流下来了。

过了一会,由希子笑着跑了回来。三个人一起发着作业本。

我陷入了思虑。我心中的这份悸动产生的原因一定不止一个。由希子的心情、秋风的香味、恋爱的预感。我想这是所有这些因素奇迹般地结合在一起而造成的结果。

那天傍晚,天气稍稍转冷。我在妈妈的帮助下穿上和服,兴冲冲地出了门。

"小——洋。怎么样？可爱吗？"

"可爱可爱,真帆最可爱了!"

从淡蓝色过渡到深蓝色,蓝色色调的布料上,蝴蝶从胸前一路画到脚下。这是我非常喜欢的一件和服。

"你和谁一起去？"

洋海抿着嘴笑了笑。虽然之前就说好今年我们各自活动,但是我们还没互相告诉和谁一起去。

"和高冈。小洋你呢？"

我如实回答,他也只好坦率招认。

"隔壁班的女生。"

我原以为他一定会和附近的幼时玩伴一起去,所以一时间不知道该说什么好了。

"谁？"

过了一会,我摇了摇洋海的手臂。和预想的一样,洋海笑了。

"我说了你也不认识啊。她叫小樱。"

"女朋友？"

"不是。只是我想让她当我女朋友。"

他一脸的幸福。洋海的心里一定起了波澜。

"哎……你喜欢她？"

74

"或许吧。"

"她可爱吗?"

"怎么说呢。或许长得很普通。但是我觉得很可爱。"

这就是所谓的恋爱。

"希望你们进展顺利哦。"

"也祝福你和高冈。希望他能抓住真帆的心。"

我笑着戳了戳洋海。

来到走廊上,从取光的小窗户上透过来刺眼的阳光。我背对着窗户站着,和服的影子映在地板上。

与平日不同,影子是个色彩艳丽的衣服的形状。仅凭这一点就让我突然间觉得自己老成了许多。

望着随风摇摆的人影,我突然想到自己不知道什么时候就会结婚,离开这个家。而且,这件事一定会发生在不久的将来。

有父母和洋海在身边,这是我每天理所当然的生活。然而,时间不会停留,我也无力挽留这种生活。即便将来一片光明,我也不想失去这样的"现在"。

总有一天我会和心爱的人结婚,一同组建爱的小巢。然而,现在想到这些,我觉得很恐怖。

高冈多次称赞我的和服,很开心地笑着。和往年一样,我们步行去湖边,这里是烟火大会的会场。会场附近人山人海,像游行队伍。

"人真多啊。"

"很容易走散的样子。"

因为一句很平常的话,让我的心里一直怦怦跳个不停。这可能是因为穿着和服的关系。

"大家都在哪里呢? 由希子她们应该也在啊。"

为了掩饰内心的激动,我环视了一下周围。人、人、还是人。

在行进的过程中,夜色渐浓。当我们走进湖所在的公园里的时候,天色已经彻底暗了下来。

小摊子排成一排,每个摊子都在橘黄色灯光的照射下,闪闪发亮。穿着和服的小女孩一手拿着苹果糖,一手被家人牵着。小学生模样的男生们排队等着抽签。四五个中学生模样的女孩正在买刨冰。

不可思议的是,虽然大家平时都会有烦恼或辛苦的时候,但是只要站在这里,每个人看起来都那么幸福。当然,这也是件很棒的事情。

"感觉真好! 所有人看起来都那么幸福。"

我抬头望了望走在我身旁的高冈。

"真帆你看起来也很幸福啊。"

他立刻理解了我的意思。

"嗯。高冈你也是。身边总是围绕着亮闪闪的光环。"

这样已经够了。我和高冈融入到这个魔法般的空间里,共同分享这份喜悦……除此之外,可能还有更多的期待。

途中我们遇到穗乃佳和中泽。

"穗乃佳。和服好可爱啊！"

看我跑过来，穗乃佳害羞地笑了笑。红色的和服上点缀着许多鲜艳的小花，非常适合她。

"真帆的也很漂亮。刚才我看到由希子和小春了。然后还见到了洋海。"

"小洋和一个女孩子在一起吧。"

穗乃佳扑哧笑了出来，然后抬头望了望中泽。

"嗯。带着一个穿粉色和服的可爱女生。"

中泽也爽朗地笑了笑。

去年和别人一起看的烟花。然而现在已然物是人非。这是事实，我们都活在当下。

"那，再见啦。"

我们装作若无其事的样子笑着说，然后继续往前走。

身边飘着香肠的甜味，还有烤鸡肉串、煎菜饼配棉花糖的香味。

我想认真记住现在。不经意间这种感觉涌上了心头。十七岁的现在很可爱，这一瞬间的一切我都不想忘记。

咚……

烟花飞上了天。哇……的欢呼声此起彼伏。为了能看得更清楚，我们走出了小摊子。因为抬着头走路，我好几次差点撞到人，最后还被地上的杂草绊住了脚。

高冈向我伸手。我毫不犹豫地接受了。烟花一个接一个飞上天。最高潮的部分一连好多发同时上天然后消失，目不暇接。他的手掌很大，握着很安心。我希望永远都能保持这样。

最后一幕结束后，所有人都朝着各自的方向散开。我的心里涌现出总是在节日的夜里才会有的独特失落感。所以，在回家的路上，我一直沉默不语。

"真帆?"

我感到他的手加重了力道。他停了下来，凝视着我的眼睛。

"请跟我交往吧。"

很直接。

在公寓附近的一处阴暗角落，他抱住了我。夏天即将结束，不知从何处传来清脆的风铃声，业已转凉的微风轻轻掠过我们的身体。

"总有一天现在也会变成过去吧。这份心情也会变化吧。"

"我相信我不会变。"

在将来的某一天或许我们会和其他人在一起。但是即便如此，我们此刻的心情是真实的。

坚治或许也是如此吧。或许他当时也预见到了我们的将来。那时，我们也尽了最大的努力。所以……那样的恋爱，没有谁对谁错。

高冈的体温比我暖一些。

那天，洋海交到了女朋友。十六岁的小樱。

我在床上一边打盹，一边想着美崎的事。那片橘色的灯光，如果她也能身在其中就好了。在那片灯光中，她一定也会非常幸福的。

正如预想中的一样，烟火大会第二天的考试一团糟。

一个凉爽而晴朗的秋天。放学后，教室里进行补考，很多学生都留了下来。

"富美好像没参加考试。从第二学期一开始她好像一次也没来过。"

旁边的小春，开考前很担心地跟我说。

"她生病了？"

"好像是因为中泽的事。但是这种事我们也帮不了她啊。"

富美和穗乃佳。替她们两人捏把汗的不单单只有我。

"我们去看看她吧。"

这段时间，我都没怎么和富美说话。

"嗯。见到真帆，她们想说的话可能会多些。这样下去的话……总之她们应该不会退学吧。"

"这个嘛……"

我突然觉得很不安。对于富美，我有种罪恶感，因为好像只有我找到了可以安心停靠的港湾。

我并不是为了忘记坚治而和高冈交往的。

关于这一点，我还是很有自信的。但是……

好久不见富美,她暴瘦了一大圈,脸色也很苍白,这很不正常。

"真帆你还是跟以前一样食欲很好。"

"只有吃东西的时候才最开心啊。"

"是吗,我最近觉得没什么好吃的。"

她一会儿把包在吸管外面的塑料纸一圈圈缠在手指上,一会儿又把它拆下来。

"我全身一点力气都没有,连我自己都觉得很惊讶。待在家里什么也没做,但就是觉得非常累。一直想睡觉……但是最近又一直睡不着。或许是因为睡多了吧。"

富美微微一笑。她的锁骨即便不动,看上去也很明显。

外行人也能看出她得了厌食症。我实在没有勇气直视她。

"我一直在考虑翔太的事。整天都翻看我们在一起的照片。我没有办法接受现实,一直哭。我已经累了。如果能忘记和翔太在一起的所有回忆,或许我还能好过一点。可是……"

她所说的"回忆"的一部分,至今仍然残留在我的记忆里。

他们经常在假日里空空如也的教室里学习。我们的教室恰好不供社团的人换衣服,所以是一般人不知道的好地方。因此被他们两人选中的几率比较高。

有时候我折回来取东西,刚站在门口往里看,富美总是最先注意到。

"真帆,忘东西了吗?进来没关系的。"

"看你们在安静学习,我不好意思进去。"

"我们从刚才就一直在玩呢。"

富美总是笑得那么开心。我遇到过很多次这样的场景,但是他们每次都在安静地学习。现在回想起来,他们当时一定很享受那段安静的时光吧。

如果所有的记忆都消失的话……

刚刚被坚治抛弃的时候,我确实也奢望过同样的事。那些得不到解脱的日日夜夜。我或许很狡猾。比起直面失恋,我选择了将视线投向别处。

"我虽然不知道该怎么说,但是……时间对每个人都是平等的。"

最后我只能这么说。

"我,太不堪了。连我自己都很惊讶自己的软弱。"

夹杂着叹气声,富美小声嘟哝着。

"富美你很坚强哦。看到你,我才感得我似乎从未认真处理过自己的伤口。"

"傻瓜!"

富美勉强地笑了笑。她好瘦,好像很轻松就可以将她折断似的。

"你知道心疗内科吗?我们家附近有一个认识的人在

那里工作。他说有很多年轻人去。"

"我听说过。我想想吧。我必须要变一变。"

她的最后一句话听上去很像自言自语。

我们笑着告了别。但是实际上我很想哭。

所有人都能得到幸福就好了。

大家都不会感到难过就好了。

在回去的路上，我抬头望着皎洁的月亮。我觉得富美的形象和它很像。是一种高贵、脆弱、孤独的美。

月光照映下的路面如同一条白练，一直延伸至远方。

● 黄昏色的凄凉

　　和高冈交往已经过了一个月，真正进入了秋天。而我依然关注美崎。连我自己都不知道我到底是为了什么还要继续跟踪她。

　　之前，我目睹到她和秀分手。美崎依然摇着头说，"我也不知道原因。"而秀垂头丧气，像个战败的士兵。

　　我和她意外相识便是在这个秋天的一个星期六。在暖洋洋的阳光照射下，淡红色的树叶闪闪发光。

　　和平时一样，我继续观察她。和平时不同的是美优璃。

　　"那个，你在画什么呢？"

　　是一脸微笑的美优璃。水汪汪的眼睛睁得很大，虽然年纪还很小，但已经能看出她是一个美人胚子。

　　"姐姐，你看！她很会画画哦。"

　　美优璃回头看看美崎。而美崎则一副大姐姐的样子微笑着。

　　"嗯。确实非常厉害。"

　　从近处看，她的身上散发着惊人的"奥拉"。

这或许就是所谓的高雅气质吧。清新、豁达的美。

"我看你经常来这边画画呢。你叫什么?"

美崎的声音听上去既甜美又通透。

"山田真帆。"

我装作若无其事地笑着回答。但是,我的心突然一惊,万一我和坚治的关系被戳穿,那就麻烦了。

"真帆啊……很可爱的名字。我叫美崎。她叫美优璃。"

美崎看上去没有丝毫怀疑。

美优璃在好奇地盯着颜料看。

"真帆,你偶尔会在这里画画吧? 我一直在想如果能和你交朋友就好了。"

美崎笑得很害羞。周围的空气是粉红色的。

跟踪她的事情,我还是带进坟墓吧。

望着眼前这个笑得像布娃娃一样可爱的美崎,我的心里暗暗下定了决心。

当然,比起只是远远地望着她,通过和美崎交谈可以让我更加真实地了解她。她是一个怎样的人? 她有什么想法? 这所有问题的答案都迅速传达到我这里。

我再次感受到,人和人的交往是多么了不起的一件事。人和人的相识真是一件幸福的事。

"我呢,无论和谁交往,进展都不是很顺利。"

美崎在我们约好的放学回家路上的一家家庭餐厅里对我说。

最近我们一直互发短信，偶尔还一起出来玩。

我一开始就很希望和她变得这么要好。但是没办法。因为那个时候我很恨她。因为我需要时间忘记坚治。

"你一点也不像会为了恋爱而烦恼的样子啊。"

坚治和秀落寞的样子掠过我的脑海。

"我会过分依赖对方，精神上。我希望他们非常爱我，但是我又觉得很不安，因为不知道他们到底有没有认真爱我。"

"所有人都会喜欢你吧。"

我将柠檬放进格雷伯爵茶里。好像变魔术一样，眼看着它明显变了颜色。

"我之后也是这么想的。但是没办法，交往的时候我就会觉得很不安，担心不知道什么时候就会被他们冷落，很害怕。"

美崎喝的是木槿茶。她周围的空气瞬间浓缩成通透的红色。

"那，事实上有没有人冷落你呢？"

"没有。每个人都很用心。但是无论和谁在一起，我总是觉得很孤单。因为孤单，我就拼命依赖他们。但是最后我还是提了分手。我很过分吧？但是我也注意到一件事。"

"什么事？"

我抬起头，认真确认她的表情。

"越是希望被谁爱，自己越不会喜欢上这个人。"

她天真得像个小孩。

"那对方就会立刻跟你分手吗？"

我当然知道答案不是。

"他们还是会有一段时间给我打电话发短信，放学等我。但是我一旦决定分手，就会对他们很冷淡。恶狠狠的，虽然我也很想对他们温柔些，就像提分手的时候那样。因为孤单，所以我很多事情注意不到，总是没有办法认真恋爱。最后还是会伤害他们。"

美崎的眼神看起来很悲伤。

如果想爱她，恐怕就要意识到要连同她的孤单一起爱。

那些爱上她的人或许事先就知道自己将来会被伤害。

"你为什么会觉得孤单呢？"

"我不知道。一直很孤单，一直很不安。我每天都害怕得不行。什么都不想，陪美优璃玩的时候最开心。小孩子总是很兴奋，让我不会多想。"

美崎的表情缓和了一些。

"美优璃……你们的姓不一样吧。"

我直接问道。我感觉这是解开她寂寞的原因最关键的一点。

"她是我堂妹。叔叔是我父亲的弟弟。妈妈生了我不久就去世了。因为这个原因，爸爸好像得了忧郁症。所以，有一天他去了公司之后就失踪了。后来，我被外婆接了过去。中学的时候外婆也过世了，就来到了现在的这个家。"

"美优璃的妈妈呢?"

"因为我的关系离家出走了。"

美崎的脸上闪过一丝阴影。或许我不应该再继续追问下去。

"我是不是问太多了?"

她笑了笑摇摇头。

"最主要的原因是我进了星陵。婶婶呢,说了好多次,'我本来就不喜欢让外人住我们家,为什么还让她上那么贵的星陵呢?'当然,她是趁我不在屋里的时候说的。但是人吵架的时候,声音自然会变大,对吧? 最后,叔叔说'既然考上了我就希望她能去上',还是把学费给了我。两人离婚就是在那之后不久。美优璃并不了解情况,等她长大知道了,我想她一定会很恨我。"

美崎的眼神寂寞得可怕。

"美优璃看上去很需要美崎你哦。你叔叔也是。"

并非出自安慰,我是真的这么认为的。

"我为什么要生下来? 总是给身边的人带来不幸。"

她完全没有听进我的话。美崎的心里有阴影。让她觉得孤单的正是这个。

"美崎你只要堂堂正正待在那个家,每天开开心心地过就好啦。虽然是我自己瞎想的……你叔叔不是认识到你婶婶的本性了吗? 这不正是因为美崎的存在才让他意识到的吗?"

我拼命地想解释给她听。但是因为我无法流畅表达我的意思,所以很着急。

"谢谢你。真帆你真好。但是我不认为我会幸福。我生活下去到底是为了什么呢?"

"为了能够得到幸福。"

她生活的环境和我大相径庭。我觉得理所当然拥有的东西,她却没有。同样是"寂寞",我的和美崎的却截然不同。

我曾经觉得她拥有一切而心怀嫉妒,但是现在我突然觉得很惭愧。

"对不起,说了这么沉重的话题。我们吃东西吧。"

或许是察觉到我很难过,美崎立刻转换了话题,灿烂的笑容如同一朵盛开的花。

"吃油酥千层糕吧。看起来很好吃。"

每当难过的时候,她恐怕就是这样振作起来的吧。一想到这里,我的心更痛了。

吃过糕点,我们从店里走出来。外面已经彻底暗了下来。

"真帆你家有点远,很危险啊。"

"没关系。我弟弟的高中就在附近,我们一起回去。他社团活动刚好快结束了。"

"是叫洋海吗? 弟弟,真可靠!"

美崎一动,就会散发出一股香水的淡淡的、甜甜的味道。

"美崎,你回去的时候小心点。不要摔跤哦。"

听我这么一说,她扑哧笑了出来。

她眼神中浮现出孤独的神色,依然泛着寂寞的光。

"明天,小樱要来。"

晚饭后,洋海边走出厨房边说。

"你怎么现在才说啊。这么脏的家,没办法见人吧。"

妈妈一脸的慌张。我和爸爸却很开心。

"小樱好可爱啊。"

"因为小洋喜欢漂亮的。"

那天晚上,我们收拾到很晚。平时觉得收拾房间是件很痛苦的事情,但是像今天这样我们四个人一边看电视一边收拾,却很开心。最后竟然连小樱应该不会进去的浴室和储藏室也主动地收拾了一下。

颇有成效,第二天早上重生的山田家诞生了。我依稀记得,第一次带坚治回家的那一天也是这样的。

小樱是上午来的。是个笑容不断、感觉不错的女孩。

她带来许多小薄饼。看分量那么多,我很开心,还殷勤地为她认认真真泡了杯茶。

"真帆你也太好喂了吧。"

妈妈笑着说。

"小樱看起来相当不错。小洋眼光提高了哦。"

"是啊。真是个不错的孩子。"

这是我和妈妈的悄悄话。

原以为小樱会立刻钻进洋海的房间,没想到在厨房吃过午饭后,她一直和我们一起打扑克、聊天,然后笑嘻嘻地回了家。最后,竟然让我产生了一种错觉,似乎我们在很久以前就认识似的。

洋海送小樱出了门,家中立刻安静了下来,有些冷清。我打开窗,黄昏的阳光和傍晚的空气刷地涌进房间,一股秋天的味道。芳香而新鲜,回荡在记忆中让人怀念的味道。

如果这样的时光永远不会结束该有多好。

有家人、有朋友、十七岁、朝着未来奔跑的日日夜夜。小樱开朗的声音、洋海的笑声如果能够永远持续下去该有多好。

坚治和洋海曾经关系非常好。但是,如今他们失去了特别的关联,在各自的地方生活着。姐弟的恋人,是有可能成为陌生人的。现在,我觉得这是件非常凄凉的事情。

美崎所说的恐惧或许就在这种感情的延长线上吧。

细细想来,世界上凄凉的东西、让人感到恐惧的东西太多了。

● 淡蓝色的季节

第三高中文化祭开始在十一月初,星陵祭的一周前。

这是大家为了各自班级的企划而团结在一起的一段时间。放学后的工作也是活动的一部分。我们班决定开咖啡店,供应脆饼干和红茶。制作装饰花和看板是在放学后,通常时间都过得很快。

"不愧是穗乃佳!"

小春一脸崇拜地望着飞快麻利地制作装饰花的穗乃佳。

"因为有个弟弟,所以我经常折纸。"

穗乃佳一脸的温柔,一个接一个地做着装饰花。宛如一位保育院的老师。

"由希子做得好奇怪哦。"

加奈盯着由希子的手指看。

"不奇怪啊。看！后现代主义作品,不错吧。"

她展开了她的大作给我们看,上面贴了很多东西,但是看不出来到底是什么。

"嗯。不错哦。说不准还真能吸引到人。"

我真心地这么想,对它表示了肯定。

"真帆你的也很怪哦。你们在做同一个东西吧?"

小春笑着说。虽然我们是在不同的地方做的,但是被小春这么一说才发现两人做的东西还真像。太丢脸了,我和由希子都笑了。

"把这两个放在入口处吧。放在两侧,说不定会很可爱呢。"

穗乃佳说。偶然间做出的造型就此问世。

"天变黑了呢。差不多快打铃了。我们收拾一下吧。"

加奈一声令下,大家开始收拾。

窗外一片昏黄,大雁成群结队地飞来飞去。

"文化祭虽然很开心,但是一想到很快就结束,还是有点感伤啊。"

由希子一边扫着纸屑一边说。

校内响起催促大家回家的旋律。关上教室的灯,外面已经彻底黑了。

"晚上的学校真恐怖啊。好像有东西会突然冒出来……"

留到最后的女生,七八个人聚在一起走。

安静的教学楼。突然不知道从哪里传来硬物落地的声音。

"什么? 刚才的声音? 哇啊!"

一个人跑出去,恐惧感迅速传染给了每一个人。

我们慌慌张张地手牵手跑到门口。

到门口一看，从各个教室出来的人都在一边穿鞋一边聊着天。我们松了一口气，不知道从谁开始笑了起来。

"太可怕了！姐妹们，我先走了哦。"

跑得最快的由希子笑着靠在鞋箱旁。

我们觉得微不足道的事情很有趣，因为微不足道的事情而开怀大笑。

我们所在的这个世界，真是一个神奇的空间。

走到外面，看到高冈和中泽正在门口聊天等着我们。我们回去晚的时候，他们两个总是等我们。

不知道从什么时候开始他们两个变得很要好，加上我和穗乃佳，经常四个人一起绕道约会。

我和穗乃佳两人打闹着跑了过去。

"欢迎回来！"

高冈像平常一样对着我微笑。

在月光和街灯的照射下，平日里看惯了的教学楼和延伸到大门的小路显得格外庄严，同样的一句话听起来也觉得新鲜得不可思议。

四个人走出门口，在等红绿灯的时候，后面忽然一阵喧闹。回头一看，是足球队的一些人。从喧闹的声音里，我听出了坚治的笑声。

"肚子好饿。啊，我带了金平糖。你们吃吗？"

穗乃佳忽然从背包里取出几颗色彩鲜艳的金平糖。然后分别放在我们二个人的手上。我将糖果放进嘴里，淡淡的甜味蔓延开来。

金平糖是幸福的味道。尤其是穗乃佳偶尔给我们的金平糖，颜色不刺眼，味道也很温和。

红绿灯一转，足球队的人赶上了我们，跟我们喊"拜拜"。高冈、中泽笑着回应他们。

坚治看到我，好像看到普通朋友一样冲我挥了挥手。我也笑着挥了挥。心里的痛楚已然成为回忆。

秋天清新的空气包围着我们。纯净如洗。被汽车灯照到的自行车的反射板、高冈手表的文字盘、穗乃佳手机上的挂件都闪耀着只有在夜里才看得到的艳丽光芒。

"书店，可以去看一下吗？"

"实际上我也想去看看。"

我们在夜色里并排骑着自行车。一种不可思议的感觉迎面袭来，我似乎正站在远处看着偶然对视一笑的我们。

"我们现在好有青春的感觉啊。穿着制服，蹬着自行车，像这样边笑边走。"

"我也这么觉得。"

高冈一脸的兴奋。

他和我的感觉很一致。即便我是那么不善于表达，他也能立刻领会我的意思，我们之间基本上不存在距离感。

虽然他是优等生，这一点他和我截然不同，但是像现在这样，不费什么气力两人就很有默契，这让人感觉很棒。我因此觉得很幸福、很安心。

文化祭当天，我们装扮成可爱的女仆，为咖啡店的开张做着准备工作。

红茶是从专营店里买来的，口味很多，脆饼干是大家亲手做的。装饰品也相当完美。有很多人在其他班玩完游戏、看完电影、从鬼屋出来之后就到我们这边坐坐，店里经常爆满。

"由希子。你和真帆去吃午饭吧。我们来接班了。你们慢点吃也没关系哦。"

耳边传来加奈来接班的声音。

"想不想去钓悠悠？"

"想不想吃棉花糖？"

"大家看上去好像真正的服务生啊。"

我们一边围着教室转，一边你一言我一语地讨论着。

"肯定有人偷偷在外面兼职做服务生。"

由希子笑着说。

至今为止我们一直站在客人的立场，但是我现在才惊讶地发现，在现实世界中，我们已经到了可以工作的年纪。

我以前对于这个理所当然的事实充耳不闻，整天游手好闲，看上去肯定依然幼稚得像个小孩。去年，坚治拿到摩托车牌照的时候，我也是像现在一样心里不是滋味。

在恋爱、玩耍、烦恼的过程中，时间慢慢流走。不知什么时候，我们会做的事情越来越多，立场也发生了变化。突然有一天，我注意到一件原本从未意识到的事情，这种时候我总会感到不安，好像忽略了某样珍贵的东西似的。

然而，那样东西到底是什么，我也不清楚。距离事实的真相忽近忽远的感觉总是让我觉得很不耐烦。

"七班是杂货店啊。你看！好可爱哦。"

由希子看到摆在门口的项链和手镯，拼命地拽着我的胳膊。

各式各样的饰品在灯光的照射下异彩纷呈。

"是很可爱。真想要一个。"

我不由得拿了一个在手上，嘴里嘟哝着。

"送给你们每人一个吧。"

我抬头一看，坚治笑着站在那里。

"真的吗？哇！"

兴奋的由希子开始认真挑选起来。

我突然觉得周围的喧闹声似乎离我而去。摆成一排的小石头、玻璃珠反射着灯光，直晃我的眼睛。在我发呆的这段时间里，由希子选定了一串精美的手镯，一晃一晃地拿给我看。

"可以再要一个跟这个一样的吗？真帆你也喜欢这样的吧？"

这是一个银色链子的手镯，上面点缀着许多珍珠形状的小珠子和玻璃球。

"真的可以拿吗？看起来很贵的样子。"

我看了看坚治。

"当然。这是佐佐木自己做的。卖得没那么贵，所以放心吧。我替你们付。作为回报，你们免费请我去咖啡店吧。"

坚治微笑着说。

我想美崎肯定也很喜欢这样的东西吧。她的衣服和饰物上总是点缀着许多亮闪闪的东西。

"谢谢！"

我和由希子一起戴在了手腕上。

每抖一次手腕，手链就很有节奏地发出哗啷哗啷的声音，如梦如幻。不知为何，我觉得胸口好闷。

咖啡店三点关门，我和由希子结束后一起前往体育馆看现场表演。

昏暗的观众席上人口密度很高，气氛很热烈。

只有舞台在黑暗中显得异常醒目，震耳欲聋的声浪席卷而来。感觉相当过瘾。

为了防止走散，我和由希子手牵着手往前挪。

过了一会，从里面传来一个声音。

"真帆、由希子。这里！"

我和由希子走到人群中间。眼睛适应了之后，我终于看清了大家的脸。大家正在兴奋地看着舞台。

所有的人在这个地方共享着同一样东西。明年去留学的小友、去县外考试的小春、准备考公务员的美佳,还有尚未决定出路的我和由希子,我们在同一个地方、同一个时间,一起笑、一起哭。

虽然我们还没有临近毕业,但是我觉得每一秒钟都具有特殊意义,都散发着炽热的光芒。

由希子的手温暖如玉,高中二年级的文化祭,我想我一辈子也不会忘记。这种不知该如何表达的激动心情、珍贵的时刻,我想将这所有的一切镌刻在我的记忆里,而非照片上。

现场表演结束后,我们走出体育馆。强烈的阳光、新鲜的空气让我一阵眩晕。整个世界熠熠生辉。

我们在栏杆旁停下了脚步。

"好舒服啊!"

"嗯。不知道为什么,周围的景色比平常看起来更美了,不是吗?"

"是啊是啊。因为我们站在暗处。好喜欢这种感觉啊。"

清新的空气、拂面的微风、灿烂的阳光、我们的体温。

"现场表演真开心啊。这么快就结束了,你们难道不觉得有点伤感吗?"

小春的长发被风轻轻吹起来。她眯着眼睛,语气平和地说。

"是很伤感!我还想再多待一会呢。"

由希子立即附和。

"很快我们就要加班编舞了哦。"

为了消除大家心中浮现出的一抹感伤,小友笑着提醒道。

"是啊。编舞可能也很开心吧。"

我被她们开朗的笑容所感染。但同时也觉得有些忐忑。珍贵的时刻即将一个接一个地消失。亲眼目睹这一切的发生,或许会很恐怖。

凉风将微微发烫的身体冷却下来,我感到一阵清爽。这个瞬间过于完美,我的记忆相机连续按下了快门。

"高冈在那儿呢。"

美佳转过头来对我说。

"说到高冈,好像有个名叫安由美的很厉害的女孩一直很喜欢他呢。每次经过真帆身边的时候她都会瞪着你看,她就没对你说过什么吗?"

小友好像突然想到似的说。

"哎?真的吗?我第一次听说。是谁啊?那个叫安由美的。"

"她长得不是很出众。我有个认识的人认识她……有点恐怖。对吧?"

小友想征求美佳的同意。

"只是反向憎恨而已,不必放在心上。她没理由埋怨真帆啊。"

美佳爽朗地笑了笑。

"谁？我替你扁她。"

由希子故作生气状。

"没关系……我不想和她有什么瓜葛。太恐怖了。"

我受到不小的打击。

在不知道的某个地方被一个人憎恨着。而我对此却丝毫没有察觉。

仔细想想才恍然大悟。这是因果报应。这或许就是我整个夏天跟踪美崎的报应吧。而且我意识到自己更可怕。这让我受到了双重打击。

在迎着夕阳回家的路上，高冈很担心地望着我。

"出什么事了？看你没什么精神。"

"那个，你有个叫安由美的朋友吗？"

我问得很直接。

"不太了解。怎么了？"

他吃惊地望着我。

"她跟你表白过吗？她好像很讨厌我。"

"有过这回事。我以为她已经忘了呢。真帆你不用放在心上。"

高冈松了一口气，说得很轻松。

我叹了口气，不再说话。我并不认为安由美是敌人。从他的语气里，我知道她对我并不构成威胁。只是她让我想起了那个已经开始遗忘的现实。

我刻意将注意力移开的日子。

那个坚持、执著、疯狂的夏天。

"真帆,明天我们一起照相吧。今天也没机会。"

面对高冈这些前言不搭后语的关心,我笑了笑。

傍晚的时候,我总是很脆弱,有种想哭的冲动。一想到美崎经常就是这样的心情,我觉得更凄凉。凄凉、不安、孤独……这是一个多么恐怖的世界啊。

第二天,文化祭气氛变得更加热烈。来了许多外校生,比前一天更热闹。咖啡店里还来了久违的中学同学,我一整天都在忙个不停。

中午,抽出空来的我和由希子站在游廊聊天。小友不知道从什么地方跑了过来。

"看斜前方的那个人! 就是昨天提到的那个叫安由美的。"

我装作若无其事地往上一瞟,看到一个貌似强悍的女生站在那里。还有两个看似柔弱的女生站在她旁边,形成了鲜明对比。

"我看到了,但是你知道是哪个吗?"

或许因为有些顾虑,我问小友的时候很小声。

"是左边的那个吧。哇! 往这边看了。真帆,别转身!"

由希子拼命拽着我的胳膊。感觉有点强悍的那个女生果然嘴里正在嘀嘀咕咕地说着什么。

从身后射来的视线强烈地刺着我的后背。为什么我之前都没有注意到呢?

"不走吗?她看起来似乎想杀了真帆似的,真可怕!"

小友一边说着,我们一边离开了那个地方。

"因为被甩而恨真帆,真讨厌!"

也许是想鼓励我,由希子怒气冲冲地说。

"明年,不和她同班就好了。"

我嘟哝着,小友深深点了点头表示赞同。

那双充满怨恨的眼睛。我之前也是这样的眼神吗?我的心情再度跌入谷底,叹了口气。

"没关系。我保护你。"

由希子笑着抱住了我。

"我也是!"

小友也来凑热闹。

"这就是青春!"

三人都笑了。

透过学校的大窗户,我看到了晴朗的天空。凉爽的风穿过大开的窗户,拂过整座教学楼。

心灵的健康和不健康。

它们之间的分界点到底在哪里呢?

● 群青色的记忆

过了一周,大规模的星陵祭开始了。

我和由希子两人第一次潜入星陵的大门,加入奢华的学园祭。教学楼是砖制构造。到处都能看到银色的造型。整个学校看上去就像在烧钱。

"这里有这里的生活方式啊。"

由希子环视了一下四周。

每所学校都有其独特的气氛,都有只有在那里才能体会到的时光。

"星陵学生真是奢华啊!"

"嗯。今天尤其是。因为是校园祭啊。"

我边走边听着从嘈杂声深处传来的怀旧音乐,整个胸腔被塞得满满的。

在外面听到的音乐更能让人产生共鸣,这或许是因为我们和在那里的所有人共享着一种氛围的缘故吧。

"美崎在哪里呢?"

由希子翻开小册子。

"在哪里呢?"

我也想凑上去找。但是，由希子啪嗒把小册子一合，直直地盯着我。

"事到如今，无论怎样都无所谓了。我真不明白真帆你为什么会和美崎成朋友。在我看来，她给人印象非常差啊。"

由希子满脸的疑问。

除了我刚开始跟踪坚治之外，由希子并不知道我追踪记的始末。我只告诉她，我后来偶然遇到美崎，不知道为什么总觉得和她很谈得来。

"就像我们很难理解为什么安由美会对我抱有敌意一样，如果我也讨厌美崎的话，这也未免太可笑了吧。"

"话虽如此，但是……"由希子嘴里嘟哝着。

"你看到她，或许也会喜欢上她呢。"

我笑着对她说。由希子却忽然背过脸去。

她这种孩子气的动作，我非常喜欢。只要望着由希子，我的心情自然就会变得很温和。

我们一边聊天一边走进里院。在稍远的地方我看见一个很像美崎的人影。

"啊，在那儿。对面第三个帐篷。"

"哪个？那么多人，不知道是谁啊。"

我们边聊边往美崎站的地方走。即便在奢华的星陵学生中，她也是格外抢眼。

我们拨开人群往前走。

途中，由希子不小心撞到了一个人。

"对不起！"

听到由希子的声音，我也慌忙停下了脚步。

被撞上的那个人一言不发，直直地望着远方。在意识到他视线的目标是美崎的同时，我忽然记起那个男人的脸。

那个男人就是，夏初我第一次跟踪美崎的那一天，目不转睛地望着我希望我把板凳让给他的那个人。

我的第六感就是这么告诉我的。总之，我第一眼就看出那个男人在跟踪美崎，而且是危险的跟踪狂。我也知道跟踪本身可能不分安全或危险，但是他绝对是危险的。他看美崎的眼神并不一般。

"由希子！来！"

我立刻抓住由希子的手跑开了。

"什么？出什么事了？"

我在距离那个男人稍远的地方停了下来。

"怎么办？刚才由希子你撞上的那个男人，绝对是美崎的跟踪狂！"

我有种预感将要发生意想不到的事情。

"跟踪狂？为什么？虽然他确实有点奇怪。真帆，你认识那个人？"

由希子气喘吁吁地问道。

那个人……如果他要刺杀美崎的话，怎么办？怎么办？

我完全陷入恐慌，一屁股瘫坐在地上。

我或许也是反常的跟踪狂。但是那个男人完全不同。让人毛骨悚然的眼神。货真价实的变态。

……恐怖。

"真帆？坚强些！没事的。即便是跟踪狂，也不会现在立刻做出什么事情的吧。"

由希子紧握着我的手。

"是吧？真帆。如果担心的话，就发短信提醒她。你这样坐着也于事无补啊。"

"短信……我发发看。对不起。我太慌张了。"

我终于稍稍恢复了平静，敲了敲自己的脑袋。

"好。虽然我和美崎不是朋友，但是真帆你觉得重要的话，我就帮你。因为我不希望真帆你受到伤害。"

由希子紧紧地抱住我。

总是这样。为什么她总是这样拼命地维护我呢？我的眼眶湿润了。

"谢谢。我很抱歉。如果由希子不在的话，我恐怕会活不下去。"

"如果真帆不在的话，我恐怕也是一样。这是相互的。"

由希子说得非常严肃。然后我们两个人都笑了。

我在心里对自己说能进第三高中真好啊。遇到由希子。遇到大家。

这可能是偶然。但是这是伟大的偶然。对于那个让我遇到这些朋友的天神，我打心底里表示感谢。

我给美崎发短信不久，她就来到我们所在的通风游廊。

"真帆。让你担心了，对不起。特意通知我，谢谢。"

美崎是跑过来的，一脸的抱歉。

"也许并不是什么值得大惊小怪的事。但是，那个男人真的非常奇怪。"

"确实很奇怪。"

旁边的由希子也小声说。

"由希子？"

美崎微笑着问。

"你好。"

由希子很客气。

"和真帆描述得一样。"

美崎看上去很开心。她的刘海斜向一边，用亮晶晶的发卡别着。

"你要小心那个怪人。回家的时候不要一个人走夜路哦。"

我不断地叮嘱她，美崎深深地点了点头。

"如果可以，就用这个吧。如果有时间的话，就来我们班玩钓悠悠。"

给了我们两张棉花糖兑换券之后，她就返回到人群里。空气中残留着她甘甜、纯净的香味。在我的目光深处，美崎亮晶晶的发卡依然在闪闪发光。

"天真高啊。好像要被它吸进去一样。"

由希子仰望着天空。

"《被天空吸引，十七岁的心》。如果躺下来看的话，心情会更好吧。"

我也仰着头，视野的范围内都是天空。群青色的天空上，万里无云。

"我啊，最近有很多事情不明白。"

不知不觉中，从我嘴里冒出这样一句话。

或许是因为天空过于晴朗的缘故。

"嗯，我也是……我不明白自己到底不明白什么。"

由希子和平日不同，语气很轻松。失去速度的语言，听起来有些落寞。

"还记得吗？去年暑假，和现在一样的好天气……我们一起吃冰淇淋。哎呀，虽然很失败，但是我现在依然能回忆起当时的那个味道。"

"记得啊。很甜，但是正因为如此才特别记得那一天。那个时候我们两个都没有钱，口渴得都快哭了，是吧？"

"对对。到家之前，我们一直被那个甜味折磨着。又热又难过。"

我们一边回忆一边笑。

那一天，由希子来我家，咕嘟咕嘟狂饮了一通大麦茶。然后拼命夸奖了一番之后才回家。

甜得发腻的冰淇淋、无边无际的天空、熬过极限之后喝下的既冰凉又芳香的大麦茶。

"我们长大后也会提起今天发生的事情吧。就像现在这样，我们一起认真度过以后的每一天吧。"

那个甜甜的夏天已经成为回忆。不知何时，现在也会变成安定的记忆。对我来说，这些事不知为何让人觉得非常落寞。

青春，只有逝过之后才会注意到它的价值。但是即便我们非常珍爱现在的时光，不希望失去目前拥有的一切，时间也不可能停下脚步。

和那些没有注意到这些的人一样，只有无法挽回的时间越积越多。

"美崎，是个好孩子吧?"

去往棉花糖店的途中我问由希子。

"那么短的时间看不出来啊。"

由希子为难地笑了笑。

"如果是真帆喜欢的人，那可能就是个好孩子吧。"

最后补上的一句让人听起来很暖心。我们的关系正是在这样无数次的交流中建立起来的。

棉花糖出奇得大。开始的时候我们都高呼万岁，但是吃到一半的时候因为太甜，两个人都说不出话来了。棉花糖吸收了湿气，糖分密度越来越大，嘴巴和双手都变得黏糊糊的。

"棉花糖有着一个那么可爱的名字，但是仔细想想，无非就是砂糖块嘛。"

由希子一筹莫展地笑着说。

"天气好的时候，一定要注意甜的东西，小心被黏到。"

我也苦笑着回答道。

接下来的一段时间里即使不摄取糖分，我想我们可能也能活得很健康。

"小学的时候，我常想如果学校的自来水管里能流橘子汁就好了。例如体育课下课后。"

由希子一边洗手一边说。

不知道为什么从她嘴里提起"小学"，这让我觉得很新鲜。

"那样就不能洗手了啊。但是我在回家的路上曾想过，如果把伞打开然后翻转过来，坐在上面就能回家的话，那该多开心啊。"

我忽然回忆起大雨刚停时回家的路。

真好笑！我们都是爱幻想的人。

既好笑又可爱。那个时候我们总是爱做梦，我想那正是我们应该倍加珍惜的童心。

群青色的天空总带着一种难以言表的乡愁，连接着过去和现在。

在这个只想歌颂生活的艳阳天，我身边有和我分享想法的朋友。从拧开的水龙头里流出新鲜、冰凉的水。

不可思议的是，我的心情异常清爽。

我们戴在手腕上的镯子，亮晶晶地、亮晶晶地闪着光。

● 纯白色的世界

十一月仅剩一周的时候,我在选修的书法课上练习写字。

"苍樱啊……世上没有苍白的樱花吧?"

老师看着我写的字,表情里充满了疑问。

"但是老师,灯光照射下的夜樱比起樱花色,看起来确实有些发白。"

"这个嘛……"在不知该如何回答的老师面前,我的自信心也开始发生动摇。

那或许只是我印象中的风景。春天过后,暗夜里的樱花看上去有些苍白。

我试图唤起遥远的回忆,思索了大概十分钟。

最后,我写下的是"飞翔"。

突然想起可以拿回家送给洋海作装饰。仔细一想,果然还是老师提议的这个字看上去更好,于是我开始认真练习起来。

窗户微开,教室里流淌着《野玫瑰》的旋律。温暖、柔和、又有些伤悲的旋律是选修音乐的由希子她们的合奏。

所以我很喜欢练习书法的这段时间。我时常会想如果毕业了，生活恐怕就再也不会像现在这样平静了。虽然还有一年之久，但是在我看来，仅剩一年的时间了。

下课后，我走出书法教室，独自一人在小卖店附近遇到了安由美。看她一个人，可能是在等人。

她大大咧咧地使劲抓住我的胳膊。

"你他妈的，只要是男的谁都可以吗？真是个随便的女人！"

我不知道到底发生了什么事。到了这个年纪，还被人抓着胳膊，还被人骂"你他妈的"。

"我不明白你什么意思。"

我试图甩开她的手。

但是，她的力气很大，就像抓住猎物的食虫植物一样，无论我怎么甩也甩不掉。

"什么？不要想跑！我正跟你说话呢！"

安由美表情很可怕。她浑身充满了怒气，让人觉得害怕。

"疼。我想你没有理由这么做。"

她的手上加大了力度，指尖也变白了。

"真帆。你干吗呢？"

我猛地一回头，看见森一脸诧异地站在那里。

"我不知道。救我！"

安由美啪地甩开了手。

"一看到男的就立刻撒娇。"

她丢下一句话,走开了。

"到底什么事?安全的校园里竟然发生这样的事!"

森吃惊地望着吓傻了的我。看着他的脸,我才忽然缓过劲来,悲伤的情绪在我心中迅速蔓延。

她还会再来找我说吧。她永远不会了解我伤心痛哭的那些日子,也不会知道我对于高冈的真实情感吧。

"谢谢你来救我。"

"哦。随传随到。"

森说完这句话就离开了。

我回到教室,一边准备吃午饭,一边把这件事情告诉了由希子。她比预想中更气愤。

"终于有行动了啊。专挑你一个人的时候,真低级!你不许离开我身边啊!"

中午广播即将结束的时候,有一个不认识的女生来找我。

"有人找真帆……"

我朝小春手指的教室门口一看,一个貌似随时都会晕倒的柔弱女孩站在那里。是总跟在安由美旁边的两人中的一个。

"那个,刚才安由美跟你说了什么吧?"

"嗯。虽然我不明白她说的是什么意思。"

"对不起。我万万没想到她真的会去找你。"

"你不用道歉。你又不是她本人。"

我慌忙说。

"安由美她就是这个样子,所以树敌很多。但是她也有她的好。我会好好劝阻她,不让她再向山田你找麻烦。真的很抱歉。"

她离去的背影,看上去宽度只有安由美的一半。看到这,我的心里涌出一种和刚才截然不同的悲伤感。

"还有朋友过来道歉,安由美或许也是个好孩子呢。"

我回到座位上,一边叹气一边嘟哝着。

"难以置信。真帆你人太好了!她已经是高中生了,还因为这种事情麻烦朋友,哪里好了?"

由希子睁大了眼睛。

"这样啊。但是,刚才那个女生很好吧。又不是她的错。"

我被那个看似柔弱的女生的举动稍微打动了。

"有那样的朋友,真辛苦她了。或许是互相依赖的关系吧。她看上去很乐意为安由美做事。"

"由希子你也是吗?你也觉得必须要为我做些什么吗?"

我虽然笑着问,但是有一半是很认真地想知道答案。

"我似乎会一辈子担心真帆。"

"既然如此,我也觉得我会一直希望能为由希子你做些什么。"

我下意识地说。但是听到这番话,由希子的反应却出乎意料地复杂。是一种喜极而泣、不可思议的表情。

我忽然觉得自己对由希子的事情一无所知,那是在几天后的一个傍晚,和妈妈一起买东西的时候。

"那两个小孩好可爱啊! 双胞胎长得一模一样,真好啊。"

在离我们不远的前方,有一对可爱的双胞胎小女孩。

"是很可爱。真帆你也曾经有过这么可爱的时候哦。"

妈妈缅怀了一下过去之后,语调低沉了下来。

"由希子现在还是很难过吧。"

"由希子? 为什么突然这么说?"

"你听说过吧? 麻衣子的事情。"

妈妈一定以为我不会不知道。事实上我真的一无所知。

由希子曾经有个双胞胎妹妹。说"曾经"是因为她在小学的时候因为事故离开人世了。我和麻衣子的性格和感觉似乎很相似。

我的呼吸好像快要停止了。别说是买东西了,我连怎么回的家都不记得了。

我没吃晚饭,一直窝在房间里。眼泪流个不停。

由希子总是无时无刻地拼命帮我。然而,我却从来没有留意到她的痛苦。

她的温柔、开朗、稚气的动作,看上去似乎距离痛苦非常遥远,但实际上却离得很近很近。对此我却完全不知晓。

暑假，由希子总是说：

"好困哦……"

我总是怀疑她到底在做什么，却忽略了她内心的 SOS。我到底在做什么呀。

我什么也没问。因为没有留意到。只关心自己的事情，并没有问她："你怎么了？"

很多时候都是这样。

我突然想到美崎的话。

"我每天都害怕得不行。"

在有人拼命生活的时候，只有我在过着幸福的日子。

"真帆。看这个，早上买的。看起来很好吃吧。"

由希子笑着跟我搭话。我从刚才见面的时候起就一直盯着她的笑脸看。

"怎么了？眼睛肿肿的。发生什么事了吗？"

她很担心地看着我。

"什么也没有。可能是因为睡觉前喝了太多水。这个是新产品？"

我笑着，试图把昨晚一夜没睡、哭到天亮的事情搪塞过去。

我发现，如果人在难过的时候强颜欢笑，体内就会产生一种看不到的毒素在周身放肆地游走。

由希子和美崎的身体一定被毒素腐蚀得很痛吧。比我更痛吧。

"是啊。过会一起吃吧。要胖一起胖哦。"

由希子笑着说,露出我很喜欢的小虎牙。

那是我每天都觉得理所当然可以看到的、天真无邪的笑脸。

我也笑得很开,所以今天一定不能献血。

第三节是数学课。

在我们安安静静地解着数学题的时候,从隔壁小学传来一阵音乐声。是电影《小小恋爱 melody》的插曲 *Melody-fair*。

我和由希子都很喜欢这首歌。每当歌曲开始播放的时候,我们总会相视一笑。坐在窗子旁边的由希子每当这个时候一定会把窗户稍微打开一点。

和平时一样,由希子回过头冲我笑笑。但她把头转回去之后,我依然直直地盯着她的背影。她正在呆呆地望着窗外。除了音乐声外,远处还传来小学的喧闹声。

这个时候我绝对不能哭。由希子没哭,我也绝对不能哭。

我拼命地这样告诫自己。

然而眼泪还是溢出了眼眶。我拿出纸巾,立刻把它擦掉。但是,眼泪依然层出不穷地涌出,怎么止也止不住。

"真帆? 你怎么了?"

坐在我旁边的加奈小声地问我。

我轻轻地摇了摇头，表示我没事。

眼泪止不住。因为哭太久以及睡眠不足，我觉得有点头晕。全班都注意到我不舒服，但是这种小事到如今都已经无所谓了。

"山田，你身体不舒服吗？"

在大家一片唧唧喳喳声中，我听到年轻男老师的声音。

"老师，我可以带她去保健室吗？"

然后我听到由希子的声音。

"山田，你要去吗？"

老师如释重负地问。

我走出教室，户外的空气出奇得冷。

"怎么了，真帆？我不明白你为什么哭啊。"

我们手牵着手下楼梯，走到游廊里。从小学一直传来 *Melodyfair* 的音乐声。

"就在这里吧。"

由希子在更衣室前停了下来。

空无一人的更衣室里，制服和拖鞋被扔得乱七八糟。明媚的阳光从窗户照射进来。

我们一起在旁边的木椅上坐了下来。我像个孩子一样大哭了一会。

由希子就这样牵着我的手一言不发地坐在旁边。

"平静点了吗？"

看我渐渐停止了哭泣，由希子立刻问道。

"我发现了。"

以眼圈为中心，我的脸很烫。

"发现什么？"

"如果难过的时候强颜欢笑，人的身体里就会产生毒素，很难过。"

眼泪再次涌了上来。胸口好痛，无论如何我也笑不出来。

"由希子你在我面前，就没有强颜欢笑过吗？"

她一副恍然大悟的样子。表情非常非常难过。

"我对由希子一点作用都没有吗？"

阳光照在泪水上，我的眼前白茫茫一片。

"你听到关于麻衣子的事情了吧？"

由希子的声音比平常更小。

我点点头，由希子的眼中慢慢浮现出泪光。她在我面前哭还是第一次。

"我……我从未希望真帆你能为我的痛苦做些什么。但是和真帆在一起，我非常开心。因为很温暖，让我丝毫感受不到难过或悲伤。"

"对不起。我从来没有为你做过什么。"

"没关系。只要和真帆在一起我就很开心。这样就够了啊。"

由希子哽咽地说。

"我，和麻衣子像吗？"

由希子沉默了一会，温柔地对我说：

"有些地方很像。比如在让人很担心这一点上。"

我一句话也说不上来。胸口痛，很难过。

过了一会，她径直望着我。

"真帆你绝对不能死哦。"

我感到这句话包含着一种无比沉重的负担。

"星陵祭的时候我说过的吧。如果真帆你不在了，我大概也活不下去。"

群青色的天空映入眼帘。眼泪挡住了视线，不断夺眶而出，洒落下来。

两人痛哭了好久，眼睛都哭肿了。哭过之后，终于平静了下来。

"一会下课铃声就响了。我们现在的样子太吓人了！"

"哇，大家一会该来了。"

两人潜入更衣室隔壁的厕所里。

下课铃一响，下了体育课的同学一窝蜂冲进来洗脸什么的。完毕之后，铃声再次响起的时候，他们又吧嗒吧嗒地跑了出去。

"第四节课开始了呢。"

"我们逃课吧。"

由希子笑着提议。

两人一起洗脸。水很凉，我感觉某样东西变得不同了。

我们基本上不逃课。但是我想现在有比上课更重要的事情。我们都意识到，有些事情必须在现在、在这个瞬间完成。

"麻衣子小的时候，不会喊我'由衣子'。因为实在没办法喊出我的名字，最后我就说那你就喊我'由希子'吧。"

由希子语气平静地笑着说。

"开始的时候我也觉得由衣子发音很难。你很适合由希子这个名字。"

我可以稍稍想象出麻衣子的长相。

"我和麻衣子的开头字母是 MY，对吧？所以小时候爸爸就说过，只有我们两个在一起，才能算是一个完整的人（我）。爸爸还说，'你们一定要一起努力！'但是，麻衣子就这样匆匆地离开了。我当时就在拼命思考，'接下来我该怎么过呀。'"

由希子边说着边打开了更衣室的门。

一阵冷风吹了进来。已经是冬天了。

"我的开头字母也是 M。"

我在由希子的背后说。我很庆幸自己的名字叫真帆。

"嗯。但是真帆是真帆。我一次也没想过把你当成麻衣子的替代品。"

转过头来的由希子，眼神既平静又纯净。

"我知道。我和由希子也是 MY。所以由希子你可以安心地生活下去。将来的某一天，我们如果去天国，一定要一起去找麻衣子。我一定会和她很要好。"

"就这么决定了，一定去天国。"

由希子笑着靠近我，一把将我抱住，接着又哭了起来。

"我呢，比起麻衣子曾经存在的事实或者那些曾经发生的事情，我更不想忘记的是麻衣子的感觉和气息。"

她抱着我说。

由希子拥抱的力度变成压力，紧紧包围着我。

我也一把将她抱住。

"这里正是我发挥作用的地方。"

我想变强，我想变温柔。我想变得无比强大。为了能够体会他人的痛苦，为了能够守护重要的人。

她真正的痛苦，我肯定无法体会。但是我可以和她一起做开心的事，一起笑着面对生活。可以共同呼吸相同的空气，牵着彼此的手。

第四节课下课的同时，我们早退了。

我收到好几条高冈担心我的短信，但是我很晚才回复。因为下午我们一直在睡觉。

大哭之后的午休很舒服，睁开眼睛的时候感觉很幸福。

"好久没有睡得那么幸福了，自从幼稚园以后。"

由希子迷迷糊糊地说。

"嗯，我也这么觉得。不知道为什么，总觉得和幼稚园睡午觉的时候一样。

喉咙有些口渴的感觉，发烫的身体、不清醒的头脑，这些和幼稚园午休后的样子都非常相像。渐渐变白的世界，渐渐变柔和的空气。

前方，我们将要努力开拓更美好的未来。就连这样孩子气的愿望都和那个时候一样。然而让胸口感觉纠结的某种原因是不同的。

● 恋红色

　　进入十二月,整条街弥漫着圣诞节的气息。

　　到处都能听到圣诞歌曲。时间一分一秒地流逝。三年级教室里挂着中心测验的倒计时牌。

　　"我们一年后也是这样啊……"

　　放学后,由希子望着对面教学楼的三年级学生,感叹地说。

　　"不久后我们就要决定出路了。"

　　寒冷的空气里充满了冬天圣洁的味道。

　　"穗乃佳,你能教我织围巾吗?"

　　我坐到正在认真编写班级日志的穗乃佳面前。穗乃佳编织手艺很厉害,去年还为弟弟和表妹织了东西。

　　"织围巾? 好啊。给高冈?"

　　穗乃佳抬起头微笑着。四周的氛围柔柔的。让人感觉周围的气温也随之上升了几度。

　　"我想圣诞节送给他。"

　　这段时间我和高冈都没怎么碰面。不知为何我总觉得有些心神不宁。

"我也一起织吧。"

忽然听到由希子这么一说,我很吃惊地回过头。

"送给谁?"

"小谷。"

由希子把手放在脸颊上。

"喜欢的人?是这个学校的学生吗?"

没想到由希子也会恋爱。

"是大学生。他在旧衣店打工。之前我去那里看衣服,他就在那里。我和他聊得很投机所以就在一起了。"

"是大学生啊。由希子原来你喜欢旧衣服啊。"

穗乃佳对由希子笑了笑。为了尽快接受这个事实,我的头脑正在拼命地快速运转。

"嗯。小谷和我超级合拍,而且长得很帅。"

由希子笑得很幸福。

啊,事到如今,怎么样都好。如果由希子可以笑得这么开心,这已经是再好不过的事了。

"那三个人一起织吧。应该会很开心。"

我确实很开心。

至今为止,虽然也有一些人对由希子表示过好感,但是她都表示没兴趣。

我想起在烟火大会之前,由希子还曾经那么拼命地鼓励过我。

"小谷,欢迎你!"

我的心里已经开始因为那个未曾谋面的小谷而雀跃不已了。

　　"小洋会喜欢这样的吗?"

　　小樱手捧蛋糕书,指着一个草莓花蛋糕给我看。

　　即便洋海去参加社团活动,她也会时不时地过来玩。

　　"比起西式蛋糕,小洋还是比较喜欢慕斯或者烤奶酪蛋糕。"

　　"我一不小心就只注意自己喜欢的蛋糕了。"

　　小樱笑着说。她的眼睛一眨一眨的,出神地盯着蛋糕看的模样,真的很可爱。

　　"你吃磅饼①吗?"

　　我站起身。

　　我把昨天刚烤的加了许多核桃和杏仁的蛋糕切了一块,拿给她。

　　"看起来很好吃啊! 真帆经常做蛋糕啊?"

　　"嗯。不知道为什么,只要一烤蛋糕,闻着它散发出的甜甜香味,就会有一种既开心又幸福的感觉。"

　　我觉得做蛋糕和创造幸福之间无限接近。根据自己的喜好改变材料的分量和制作步骤,烤出自己独有的蛋糕味道,然后送给自己喜欢的人品尝。

　　"真好! 真希望自己也有这样的手艺。"

---

　　① 即 pound cake,一种多糖多油的蛋糕。译者注。

小樱歪着脑袋笑着。或许是因为在炉子旁边的缘故，她的脸颊绯红，眼睛也水汪汪的。

清纯！可爱！

我直直地盯着她看，感觉这样的气氛似曾相识。她纯洁的模样酷似阿尔卑斯少女海蒂。

我深切地感受到洋海的女朋友是小樱真好。我渐渐被她天真开朗的性格和亲和力所吸引。有时甚至会忘记她是洋海的女朋友。

"喂，这个礼拜天，你有事吗？"

小樱冷不防地问道。

"礼拜天？什么事？"

"钢琴教室有圣诞音乐会。我有入场券，希望你能来。"

她从包里取出入场券。

"你在学钢琴吗？我去我去。绝对去。我也很喜欢音乐。"

我开始想象小樱弹钢琴的样子。或许是因为刚才联想到海蒂的缘故，我的脑海中不断描绘着小樱在草原上拉风琴的景象。

"谢谢！小洋也说会和朋友一起来。真帆你也要跟谁一起来吗？要几张入场券？"

"要两张。我想约由希子。"

"好的。你也可以约高冈。"

我暧昧地笑了笑，搪塞了过去。

高冈总是很温柔很努力。但是从"安由美事件"以来，我一直躲着他。

"对不起,真帆。让你那么不开心,抱歉!我会认真和北山说的。"

我在森的帮助下解脱出来的那天放学后,他多次跟我道歉。

"你不用跟她说什么。因为我觉得无论说什么都没用。"

我慌忙阻止他。

我感觉不管高冈和她说什么,都会伤害到她的那位女生朋友。那个女生为了安由美,曾经来找过素不相识的我。

"真的很对不起!"

"没关系。我没放在心上。"

我故作开朗地笑了笑。

然而,我每天都会找不同的借口,尽量避开和他一起回家。

为什么呢?

在一个人回家的路上,我总是会想到和高冈在一起的时候。

在盛夏的公园里一起看的清澈的水,被他紧紧拥在怀里的感觉……就连他喊着真帆的温柔声音,我都无数次地想起。

喜欢他!但是越是这样我越是觉得害怕。因为这表示他在我心中的分量越来越重。而意识到这一点让我觉得很恐怖。

"圣诞节我和小洋会去蛋糕自助。好期待啊！"

小樱看上去很幸福。红色的嘴唇闪着光。

眼前这位处在恋爱中的十六岁少女，表情是那么的柔和。

"我，有男朋友了！"

美崎深夜打来电话，声音依然甜美。

"什么样的一个人？"

我把耳朵紧紧凑在听筒上。

"嗯。他在专门学校上学，比我大三岁。很温柔。"

"比你大啊。希望你们能交往顺利。"

"可能会顺利吧。如果这次可以真的喜欢上他就好了。"

美崎的语气中透着些许的落寞。

"如果可以喜欢上就好了。"

我理解这句话的含义，所以觉得有些伤感。

我希望她口中的那个人很温柔，希望她可以真正单纯地喜欢上他。

我觉得，美崎的孤独，不能通过被谁喜爱，只能通过喜欢上谁才能得以减轻。

"你和高冈进展顺利吗？"

"嗯……不怎么样。最近都没怎么见面。"

"发生什么事了？"

美崎充满担心的询问轻轻碰触着我的不安。

"如果要说的话,确实发生了一些事。有一个一直很喜欢高冈的女生质问我,'只要是男人,你都可以吗?'高冈因为这件事也已经道了歉,而且我也没放在心上。但是不知道为什么那件事情过后,就一直没和他见过面。"

"真是个危险的女生! 你们是因为这个而不能见面吗? 现在还危险吗?"

她吃惊地问道。

"是因为这个原因吗⋯⋯当然这确实是件大事。但是以这件事为契机,我想了很多。我发觉我很喜欢高冈。我害怕的恐怕是这个。"

明明喜欢对方⋯⋯对方也喜欢自己,但是致使心中不断涌出不安的原因到底是什么呢?

"能喜欢一个人到害怕的程度,我真的很羡慕你。因为我发觉我可能一辈子也不会那么喜欢一个人。"

美崎现在的表情一定很寂寞。

她的声音是这样的。

"但是,我不知道该怎么做。"

我紧紧握着听筒。黑暗中,只有美崎的声音才是解决问题的唯一关键。

"即使感到不安,只要两人依然坚持在一起,一定不会有什么问题!"

美崎努力为我打气。

挂上电话,我的耳边依然回荡着她甜美的声音。所以我稍微放心了些。

我站起身，开了窗。

深吸一口寂静的空气，刚才的混乱也刷地一下不见了踪迹。

冬夜的空气很清新，星星看上去很美。中学的时候，我们曾在理科课上学过自转和公转。每当思考类似"这个星星在两个月后的晚上八点会到什么位置"这样的问题时，我就觉得星星是痛苦的根源。但是如今打开窗，看到的星星却美丽得让人有种想哭的冲动。

"你睡了吗？现在的星星好美啊！☆"

我给高冈发了一条短信。一般这个时候，即便他发短信来，我也从不认真回复。

"还没。确实很美。真帆你那么晚了还没睡，真少见。睡不着吗？"

"不是。刚刚和朋友通过电话。高冈你呢？"

我们已经很久没有认真交谈过，我可以感觉得到两个人都很紧张。

"我一直在考虑真帆的事。"

"后天星期天，有空吗？"

"嗯。见面吗？"

"小樱的钢琴教室里有圣诞音乐会。你去吗？"

我的心怦怦直跳。我简直是在单恋嘛。炙热的思念幻化成白色的呼气,和户外的空气融合在一起。

"我去。好久没和真帆见面了,有点紧张。"

他到底有多喜欢我啊。想到这里,我的眼泪几乎都要流下来了。

"嗯。我也是。午饭的时候碰头可以吗?"
"好啊。我去你家接你。"

冷空气从大开的窗户流入整间屋子。确认室内空气已经换了一遍之后,我关上了窗。

把空调调大,倒在床上,我开始想。

星期天就坦白吧。对他说我好想你。牵着手一起笑。我一定不会再不安了。

小樱的琴艺太精湛了。至今为止,我从未听过那么让人激动的钢琴演奏。

小樱在一片雷鸣般的掌声中谢幕。深红色的礼服那么鲜艳,和平时的她简直判若两人。如果这样的琴艺还不能称之为拿手绝活的话,那什么才是绝活呢?

"我现在思考的是,同样生活了十几年,我到底都做了些什么呀。我也拥有同样多的时间可以学会弹钢琴,可是我却什么也没做……"

我一边说，一边体会那种感动过后不断涌上来的空虚感。

"真帆会烤蛋糕啊。手艺那么好，我是无论如何也做不到的。"

高冈的话里充满了深情。

"那是不一样的！即使会烤蛋糕，我也……"

我说不下去了，因为无法顺利组织语言。

"小樱的琴艺确实很厉害，但是生活在同一时段的真帆你也是按照自己特有的方式生活过来的啊。所以你不是也有自己的思考方式或者价值观吗？"

"但是，这有什么意义吗？我不觉得自己的价值观有多出色啊！"

不知道为什么，我觉得好沮丧。

"但是这正是我情不自禁喜欢真帆的地方。"

我不自觉地抬起头。高冈正在温柔地望着我，微笑着。

我感觉整个世界瞬间变亮了。

情不自禁喜欢。情不自禁。

我再次望了望他的脸。在会场昏暗灯光的照射下，他的表情依然温柔。

不知道谁先主动，我们的手握到了一起。

在小樱之后，老师登场表演。演奏完毕后，一个盛装打扮的幼稚园小朋友模样的可爱女生上台献花。

"老师的表演也很精彩。但是我个人还是觉得小樱最厉害。"

走出大厅时,高冈说。

"她和平时差别很大。可能这么说很失礼,之前我曾觉得小樱像海蒂。但是今天的印象完全不同。"

"我明白。她平时确实很像海蒂。很贴切。"

高冈点了点头表示赞同。

钢琴奏鸣曲《月光》。

她的钢琴声虽然听上去很平静,但是冲击力很大,充满了难以形容的压迫感。

"啊!是小樱和小洋。"

两个人站在大厅的尽头开心地聊着天。

"小——樱!你的钢琴太厉害了,让我大吃了一惊。"

"真帆。谢谢你的花。也谢谢高冈你能来。"

小樱笑得像朵盛开的花。通红的脸颊和亮晶晶的眼睛充满了成就感,非常美。

"我可是第一次听到那么厉害的钢琴演奏。小洋,感动了吧?再一次着迷了吧?"

"嗯,是啊。但是我本来就是在音乐联合课上对小樱的琴艺着迷的。"

小洋开心地回答道。他的表情好像是想告诉所有在场的人他女朋友有多么优秀。

我发觉小樱和洋海的世界,比从旁边看上去更深更广。

就像我和高冈的世界一样。

就像世界上所有恋人的世界一样。

"真帆,这个给你。"

在等回去的公车的时候,高冈递给我一个小包。

"是什么? 礼物?"

我立刻打开。用手机灯光一照,原来是一条在银链子上镶嵌着心形图案的漂亮项链。

"好漂亮! 难道是圣诞礼物?"

我抬头望着高冈,歪着头问。

"不是。那个另外有。我哥哥在替她女朋友选礼物的时候,我和他一起去挑,发现有很多可爱的。"

灯光很昏暗,我无法读懂他的表情。

"这样可以吗? 谢谢。我太开心了。"

我赶紧戴上。因为链子太凉,我冷不丁打了一个寒战。

"真帆,文化祭的时候,你前男友送给你什么了吗?"

太突然了!

"坚治? 你说的难道是那个和由希子一样的手链?"

我戴在手腕上的手链,因为外面穿着夹克所以看不到。

虽然没什么可心虚的,但是被他这么一问,我突然觉得我无论怎么回答都很怪。

"我知道真帆你曾经很喜欢你前男友。但是,现在望着真帆的是我。"

他语气很温柔,但是表达得很清楚。

"对不起。收到手链是事实,但是我现在已经没有那种想法了。我很开心是因为这个和由希子的那个一模一样。"

听上去很像是在辩解，找急得快哭了。

偶尔传来的喇叭声和汽车声，听上去很缓慢，好像在放慢动作一样。

"嗯。这个我知道。对不起，我并不想责备你。只是因为我想从今往后还要和真帆你一起面对很多事。"

他说得很平静。

我瞬间意识到，我并没有惹怒他。但是我伤害了他。

公车上，两人并排坐着，眺望着夜幕降临的景色。我们手握着手，谁都没说话。

"我刚才在想，冬日的夕阳好像剪影哦！"

下了公车，他边走边说。

"你想到什么，就立刻告诉我啊。"

我笑了笑，身体紧靠着他的胳膊。

"嗯。下次告诉你。一起看吧。"

他一边说一边把头转向我。很自然地，我们的嘴唇轻轻碰了一下。

"我很喜欢你，正因为太喜欢，所以我觉得很难受。喜欢一个人会让我觉得很不安。"

坦白之后，我觉得松了一口气。

"我本来以为你很讨厌我。"

"对不起。我们就这样永远……在一起吧。即使毕业即使长成大人，我也不想变。"

一旦喜欢上一个人，为什么就会有想哭的冲动呢？

"即使很多事都会变，但是我喜欢真帆的这份心情永远不会变。"

我们手牵着手走在昏暗的路上。眼泪涌出眼眶。被他紧握的右手很温暖。

"换位子!"

他走到我的左边。

"为什么?"

"接着是这边。"

"很凉吧?"

我的手是凉性的,所以摸上去总是很冰。

"所以,要给你暖暖啊!"

高冈用他温暖的手掌包住我的。脑海中突然浮现理科课上学到的热移动公式。热量转移到我这里的同时,他的手就会变凉。

和他在一起的时光,既温暖又宁静。

十七岁的圣诞节即将来临。

● 金黄色的光芒

富美曾经说过,因为太喜欢中泽反而觉得痛苦,所以她最终选择了放手。

那个时候的我并不了解其中的含义。因为喜欢所以不安,如今我终于明白了。

无论是恋还是爱都没有任何保证,因此才会觉得恐惧。即便心里愿意相信,可是我们会渐渐不自觉地失去信心。和坚治一样,我不知道高冈何时也会变心、离开我。

心里产生的不安情绪恐怕指的就是这个。

为了永远喜欢一个人,我们必须坚强到可以接受这种随时会结束的可能性。当然要除去无疾而终的初恋……

"真帆……救我!"

圣诞节快到的时候,从电话听筒的另一端传来穗乃佳的哭声。

虽说她性格比较沉稳,但这并不意味着她比其他人坚强。

出现在碰面地点的穗乃佳,眼看着随时都有可能哭出来。

"怎么了？出什么事了？"

"对不起，把你叫出来。我受不了了。他有可能会不要我了。"

面对一反常态惊慌失措的穗乃佳，连我都开始不安起来。

"为什么？他对你说什么了？"

"没有。不是。但是可能就要说了。中泽，圣诞节好像和富美约好了要见面。"

穗乃佳擦了擦眼泪。

"昨天放学后，我在教室里等中泽的时候，网球社的若叶她们进来换衣服……当时富美不在，但是她们却对我说，'强盗！他圣诞节要和富美见面，你可能很快就会被甩了。'"

大颗的泪珠从她的眼眶中不断滑落。

"什么？若叶她们也太过分了吧。"

真是受够了若叶她们这些网球社的女生，我深深叹了口气。

她们和富美关系很好。虽然事先就知道她们一定会很敌视和中泽交往的穗乃佳，但是我依然觉得很吃惊。

虽然我和若叶的关系不是特别好，但是每次和她擦肩而过的时候都会互相笑着招招手，而且我也并不讨厌她直爽的个性。

"我没听中泽提过这件事啊。我一直很在意富美的事，我很怕。他一次也没跟我提过。开始的时候我觉得只要能跟他在一起就够了。但是一想到，'中泽真正喜欢的是富美，他是因为无法忘记那段感情才决定和我交往的!'……一想到这里我就觉得很不安。"

我眼前浮现出另一个画面。画面中富美正在痛苦地向我诉说她对中泽的思念。

果断点，中泽!

"如果可以的话，我想去问问他……怎么办？我自己去问比较好吗？"

她低着头思索了一会。

"我自己去问!即使有可能被他抛弃，但是如果不去问清楚的话，我可能会后悔，对吧?"

她的眼眶里已没有泪水，微笑的模样和平时一样。

"真帆，你不冷吗？让你在外面说话，对不起。进去吧。"

穗乃佳伸手去推店门。水果小铺门口装饰着圣诞花环，进去之后立刻看到一棵圣诞树。

"圣诞树的灯饰是蓝色和白色，看上去很有洁净感，但是难道不觉得有点冷清吗？"

经过圣诞树的时候，我小声说道。

今年格外冷清。

冷清、悲伤、遗憾。

十七岁眼中的世界有很多与之类似的东西。只要稍不留心，我们就有可能倒下去。

我经常做同样的一个梦。梦中的我被某样东西追赶，拼命地逃。逃的过程中我一定会跌倒。当我想立刻站起来的时候，总是会忘记站起来的方法。当我感到不知所措时，一种极度的恐惧感就会不断袭来。

梦中的我总是清楚地知道，一旦坐下来，我就再也站不起来了。

因为知道这一点，让我觉得更可怕。

"富美好像打算退学。"

在体育馆参加结业式的时候，由希子说。

"第二学期她基本没来吧？出席天数绝对不够啊。"

小春担心地皱着眉。

"即便不退学也会留级吧。没有别的办法。"

稍有差池，也许我也会面临和富美一样的处境。一想到这里我的心就很痛。

"那个，我听到一些风声。若叶和茧子好像在刁难穗乃佳。"

由希子指了指前排的穗乃佳。

"嗯，我从她那里也听说了。"

"对富美来说，这可能也是种困扰，她不会欺负那么温柔的女生的。"

由希子撇了撇嘴。

"嗯。我也很担心富美，但是这件事和穗乃佳无关啊。他们分手已经两个月了，又不是穗乃佳抢过来的。她不会有事的。"

小春的表情很难过,好像这件事发生在她自己身上似的。关于这一点,她从小学开始就一直这样。

穗乃佳和加奈坐在一起,时不时地看着对方说笑一番。

结业式结束后,所有人排队走出来。在冬日阳光的照射下,体育馆外一片米黄色。

"啊,是若叶她们!"

我们三个人相互看了看。

"小茧、若叶——"

听到由希子大声喊她们,若叶满脸微笑地向我们挥了挥手。

爽朗活泼,明明是那么帅气的一个女生……

"由希子,你剪刘海儿了?很可爱啊!"

"剪得太短了,很可爱吧?"

我用手压了压由希子的刘海儿,笑着说。

"由希子看上去好像真帆的小孩哦。"

茧子也笑了。

"富美不来吗?"

小春问的语气听上去很自然。

"一直就没来过。虽然我每天都和她通电话,但是她总是没什么精神。"

若叶一边叹气一边说。

"好担心她哦。"

"因为真帆的规劝,她去了医院。看上去比以前好多了。啊!小茧,是增永!"

我回头一看,穗乃佳和加奈正在我们身后不远的地方。

所有人都不再说话,周围的气氛很尴尬。

打破这种冰冷的沉默的是由希子。

"穗乃佳人很好。一方面我很担心富美,但是同时我也喜欢穗乃佳。"

"嗯。穗乃佳确实既温柔又乖巧。"

我也补了一句。若叶和茧子依然一言不发。

"对不起。我们之前故意刁难过她。"

首先开口的是若叶。

"富美一直不来上学,我们很着急,所以才迁怒于她。"

茧子接着说。

接下来该怎么办呢……我的脑海中不断思考这个问题。就在这个时候。

"不要再故意刁难她了。如果再欺负她的话,我会再来找你们抱怨的。"

由希子牵着若叶的手,说得很轻松。这样一个小小的动作,让大家松了口气,表情也缓和了不少。

"我们不再为难她了。但是也不可能喜欢她。"

若叶答应得很干脆,语调依然和平时一样严肃。但是当她的目光落到被由希子紧紧牵着的手上时,她终于忍不住扑哧一笑。

由希子忽然叫住了走在旁边的穗乃佳。

"穗乃佳,过来!"

"由希子,你喊什么呢?"

若叶慌忙试图阻止。

"穗乃佳、加奈,这边!"

两人对视了一下,走了过来。表情很诧异。

"若叶刚才说因为之前故意刁难你觉得很抱歉。"

由希子对若叶笑了笑。

若叶只好认命似的笑着说。

"对不起!"

"没关系。我很迟钝,根本没注意到。"

穗乃佳笑得很温柔。周围的空气暖洋洋的。

"我们确实给她找了很多麻烦。"

茧子一边望着穗乃佳转身离去的背影一边说。

"我们好像恶婆婆在欺负媳妇似的。"

茧子冲着若叶笑了笑。

我也笑了。

在这片金黄色的空间里,由希子、小春、若叶、茧子,大家都笑了。

虽然表面上笑着,我的内心深处却纠结得很难受。

每个人都有觉得重要的东西,都想拼命守护它。

圣诞节比平时暖和,也没有任何要下雪的迹象。

"中泽说,即使到了分手的时候,他也想和我一起认真面对。直到两人的关系彻底结束之前,他都有责任。他还说,我们将来或许会走不同的路,但是他希望我能过得幸福。"

昨天告诉我这些话的时候,穗乃佳的眼神非常清澈。

"我相信他。我喜欢中泽不逃避的性格,我相信他一直以来都希望和我在一起的心意。"

穗乃佳倚着窗边扶手晒太阳,笑容很温柔。他们之间不会再出任何问题了。

"真帆,和小洋他们一起去吃蛋糕自助吗?"

突然被人这么一问,我吓了一跳。仔细一看,原本应该正在和洋海聊天的高冈不知道什么时候站到了我的旁边。

圣诞节为了能一起玩,高冈来到我家。但是在被我拉住之前,他先被洋海逮住了。我在走廊上时不时地会听到他们两人的谈话。

"真帆,你现在也太能发呆了吧?"

洋海开玩笑似的消遣我。

"正在思考问题。我想去吃蛋糕自助。"

一想到那些各式各样的蛋糕,我就觉得很幸福。好像无论多少我都能吃得下。

"会长胖的哦!"

洋海继续取笑我。

"那小樱也会胖哦。"

我立刻笑着予以反击。

"小樱即使变胖也很可爱。"

虽然很不甘心，但是确实如此。而且我感觉如果胖点她才更像海蒂。

"如果真帆胖了，我就陪你一起去散步。"

高冈替我说话。

"这小丫头即使变胖，她也不会太在意的。"

洋海开玩笑似的拼命抓住我的双手，然后笑着躲到高冈的背后。

就这样三人你追我赶，把给我们端茶来的妈妈吓了一跳。

小樱也快到了吧。

我感到，一种幸福感正在围绕着我。

为了去吃自助蛋糕，我们四个人去坐电车。窗外的冬季景色很漂亮。

"看上去好像剪影画啊！"

"快天黑了。"

太阳正在缓缓落下。

"什么？你们在说什么？"

高冈对着充满好奇心的小樱回答道：

"冬天的夕阳看上去很像剪影画。"

太阳落山之前，金色的光芒布满西边的天空。这个时候就可以看到。

树木是黑的，建筑物也是黑的，看上去很清晰。被压缩的光非常浓郁，一点都不刺眼。所有的人都一言不发，被眼前的景色深深吸引着。

不经意间我回忆起一首很早以前学的短歌。

"在夕阳残照的山冈上，一片片银杏叶漫天飞舞，宛如许多金色的小鸟在嬉戏飞翔！"

我想明治时期的天空可能比现在更美。那时我们并不懂得如何用心感受事物。现在的我在脑海中不断想象着那闪着光、不断飞舞的银杏，犹如身处梦境中一般。

我想那时的景象一定和想象中的一样美。

在坠入爱河的我的眼中，圣诞节的傍晚清新、美丽，勾勒出一个虚幻得近乎冷清的轮廓。

"刚才的天空，漂亮得让人感动。"

"因为是圣诞节的天空吧。"

小樱的眼睛闪闪发亮。

整条街在圣诞灯饰的照耀下闪闪发光。路边树上的灯光晃动，让人充满遐想，就连空气看上去似乎都在闪耀着光芒。

"这里的蛋糕很好吃，特别有名哦！我们加油吃吧。"

"这里有注意事项，上面写着不要太逞强。"

我看了看洋海递过来的注意事项，不禁笑了笑。

蛋糕做得很实在。这家店一定会亏本的。

软奶酪蛋糕、黑樱桃蛋糕、水果蛋糕，各式各样的蛋糕排得满满的，散发着甜味。

"这里好像是浓缩了一生幸福的地方。"

我体会到了一种幸福感。

"似懂非懂。"

高冈也开心地笑着。

最先吃的是蓝莓饼。松脆的薄饼加上略带些许甜味的奶油冻，非常爽口。薄饼底部铺满的各式浆果的酸味、涂在上面的蓝莓的甜味，配上香草口味的冰淇淋，简直是绝品！

"看上去很好吃，立刻就会融化的感觉。为了不被冰淇淋沾湿，薄饼表面均匀地涂了一层糖，很松脆。好感动哦！"

我一边极力称赞一边吃。洋海、小樱、高冈也夹了些薄饼放在盘子里。

"看！这个好像宝石哦。滑滑的，放到嘴里立刻就会融化，味道随之在整个嘴巴里扩散。好吃！"

我把一大口果冻对着灯光观察之后，将它放进嘴里。

橘子、桃、葡萄柚、杏。各式各样色彩鲜艳的果冻饱含着果汁，在勺子上悠悠晃动。

"真帆吃的东西，我都想吃。如果不吃的话，好像就会后悔似的。"

小樱一边笑一边把果冻拿过来。

"真帆或许很适合撰写推荐美食报道的工作。你太有才华了！"

高冈也在吃果冻。四人份的果冻，在桌子上呈现出各式各样的色彩。

给别人推荐东西的工作。将自己感到幸福的东西推广开来的工作。依然前途未卜的我只能简单思考一下将来的事。但是像现在这样，一边吃蛋糕一边憧憬到的未来似乎也很甜美很光明。

圣诞节很美、很温馨。这些可能仅限于现在。毫不畏惧，把目光从现实的残酷中移开，或许我们就会感受到幸福。

之所以这么说是因为，现在束缚我们的恰好正是为了追求自身幸福的理想。无论是努力还是失败，所有的一切都是未知数。

憧憬未来时，我常常会感觉麻木，心里产生一种不可思议的想法。那就是希望可以一直维持高中二年级的状态，和现在的朋友、家人、学校永远在一起。

希望这样的圣诞节一直持续，但事实上这永远不可能实现。不知道为什么，我的心里充满着一种强烈的失落感。

寒假，我陪美崎去朝仓家扫墓。

墓地很偏远，地上有许多枯叶和垃圾，蜘蛛网到处可见。

"听说妈妈在学生时代非常有人气，相当受欢迎。外婆也很慈祥，很受人尊敬。但是，最后都变成现在这样。"

美崎用扫帚扫了扫墓地的周围。

"没有人负责管理墓地吗？"

我用树枝拨蜘蛛网。可是无论怎么拨也拨不干净。

"如果说的话，好像有，是亲戚。但是因为住得远，看上去好像不常来。"

美崎抬头望着天空。阴沉沉的淡墨色的天空。墓地、阴天，让人感到无比孤寂。

"爸爸失踪了。"

法国布娃娃一样可爱的脸看上去非常开朗。她现在的表情和她之前提及身为专科学校学生的男友"佐久间"时的一样。

"他会在哪里呢？如果拜托侦探去调查的话，应该会找到吧。"

"可能已经死了吧。昨天我翻了翻影集。新婚的时候，爸爸和妈妈看上去很幸福。不知道为什么我觉得这样已经很让人开心了。实际上，从那之后发生的都是难过的事。但是在那个瞬间，他们可以笑得那么开心，好像他们是世界上最幸福的人，我想这样真的很好。"

和平常比起来，今天美崎周围的空气更接近无色。

最后面向墓地双手合十的时候，我在美崎的身边祈祷。

"希望美崎能幸福。"

她的母亲当时一定很后悔吧。她的父亲当时一定很痛苦吧。我客观而冷静地这样认为。因为我不是当事人。

如果大家都可以冷静、正确判断的话，世上就不再有人会痛苦了吧。

● 如水月光下的泡沫

吃年节菜、烩年糕,和洋海一起看 DVD,我就这样悠闲地度过了正月。

"静香很可爱吧。"

看着画面里突然转过身来的静香,洋海立刻问道。

"你迷这个吗? 洋海,很危险哦!"

我趁机取笑他。

"说什么呢? 我可是忍着不看自己喜欢的,勉强陪你呢。"

他手里拿着遥控器,脸上浮现出一丝无耻的笑容。

"不许换!"

坐在旁边看的妈妈突然冒出一句话。

"你们好像十年都没怎么变啊。"

画面中,大雄为了躲避胖虎和小夫,躲进水泥管里。

哆啦 A 梦……

"你不出去和小樱玩吗?"

"她和她爷爷有事。高冈呢?"

"他和他哥哥去旅行了。"

"旅行？他有哥哥啊。"

洋海一边打哈欠一边说。我们就这样看了两个小时的哆啦Ａ梦。

"嗯。比他大十岁。之前我也觉得有点不可思议。但是穗乃佳的弟弟现在也只上幼儿园。对于她弟弟来说，穗乃佳绝对是个大人了。站在高冈哥哥的角度看高冈的话，他不过是个岁数相差很多的弟弟吧。仔细想想，在高冈哥哥的朋友当中，一定有人家里有比他还年长的哥哥。如果站在那个人的角度的话，高冈的哥哥也是个小毛孩。难道你不觉得这很不可思议吗？"

洋海看似非常热衷于这种话题，听得眼睛直放光。

"如果穗乃佳弟弟的朋友家里有比他小十岁的弟弟或者妹妹的话，穗乃佳的弟弟也会有身为兄长的立场。"

是所谓的"同期生"将这些各式各样纵向的联系横向地集中起来。这听起来确实很不可思议。

我觉得很开心，因为似乎发现了能够证明时间是不断延续的证据。

我遇到过高冈的哥哥两次。他是一位和高冈很相似、很和蔼的人。

"现在的女高中生都和真帆一样坦率吧。"

"真帆比较特别，既坦率又开朗哦！"

高冈很认真地回答。

"步入社会，如果发现那里和之前所看到的世界不同的话,绝对不要堕落下去。一定要像现在一样,保持真帆你的优点,逐渐变得成熟。"

在被炉①里一边喝茶,高冈的哥哥一边说。

"是因为大人的世界比现在的世界肮脏吗?"

"世界本身是不会发生变化的。在你变成大人之前,有很多东西不能展示给你们看。目的是为了保护你们。一旦出了社会,这些东西就会突然间被解禁。大家都是从那时开始迷茫的。之前所教导的道德、常识和正确的东西都未必行得通。是堕落,是坚持自己的个性战斗,还是学会融合,这些都是你的自由。"

"哥哥你是哪一种呢?"

听高冈这么问,他哥哥并没有圆滑地敷衍过去,而是正面回答道:

"你知道'曲学阿世'吗?"

"听过,是四字成语。"

听到我回答,高冈的哥哥对着我和蔼地笑了笑。

"对。是指学者们抛掉自己的信念和做学问的良心,根据周遭的氛围和时代的趋势,向统治者献媚。为了不那么引人注目,将原本的自我隐藏起来生活。"

"所谓的趋势是?"

"是指事物发展的动向。观察时代,根据它的变化而改

---

① 被炉是日本一种独特的生活用品,在冬天使用,可以暖和下身。编者注。

变自己的见解。"

高冈的哥哥将面前的橘子切成两半，递给我。

橘子既新鲜又饱满。

"哥哥你也是在压抑着自己生活吗？"

曲学阿世。我原本一直以为这个词是用来形容胆怯的人。

听他哥哥这么一说，我不由自主地觉得，实际上，这是一个即凄惨又荒凉的词。

"我生活得并不实在。刚出社会的时候，我也斗争过，但是逐渐开始觉得疲倦。如今我已经学会了妥协的方法，目的是为了不让自己受伤。"

我再次意识到原来自己眼中的世界只是它的一部分而已。

整个世界尚未展示给我们看。

"真恐怖！希望我们一直停留在现在。"

我叹了口气。

"当然也不全是污秽的东西。因为让你觉得纯洁的那个世界依然是同一个世界。一定要尽量让自己充分享受这个世界。"

高冈的哥哥微笑着，一副哥哥特有的表情。

"你有这样的哥哥真好。"

只有两个人的时候我对高冈说。

"谢谢。但是，一旦有一个和自己年纪相差很多的哥哥，就比同年人更早见识到了未来的世界。这种机会一旦增多,身上就会意外地散发出一种老成的气息。"

看得出他很困惑,但是我却很能体会。我终于明白他的温柔和冷静个性源于何处了。

"真帆,要换 DVD 吗?"

洋海取出播放完毕的 DVD。

"我想睡会午觉。有点困。"

我把身体紧紧贴在沙发上。

"想睡的话,就好好去床上睡。会感冒的。"

听妈妈的话,我啪嗒啪嗒走过走廊,往房间走去。

被保护的世界。

我很快就睡着了,还做了个梦。

梦中是在书上读过的哈利波特的世界。因为我清楚知道结尾,所以知道谁是敌人。但是一旦进入这个世界,就不能通观全局,不知道该如何行动才能躲避危险。我身旁有个同伴,哆啦 A 梦。一个厉害的帮手。

但是真的很恐怖。梦中的哆啦 A 梦并没有想象中那么厉害,可以拿出很多道具。敌人毫不留情地向我们袭来。

醒来之后大概五分钟的时间,我的精神一直处于恍惚状态。梦境和现实之间存在暧昧的空间,事实上那里才是最阴森恐怖的地方。当你完全清醒过来,那些让你感觉欣慰的东西才最恐怖。

我想,从某种意义上讲这或许和高中时代很相似。虽然我们并没有生活在比童年更梦幻的世界里,但同时也没被推进真正的现实世界中。

皎洁的月光洒进彻底暗下来的房间,白色的窗帘显得格外妖娆。

正月过后,由希子对小谷的热情也冷了下来。

"小谷开朗的个性是挺好的,可是有点太开朗了。"

由希子坐在小卖店的椅子上说。

"太开朗?"

我站在窗边,望着窗外的风景。

我看到许多人补课结束后,围着各式各样、色彩斑斓的围巾,骑着自行车回家。

"比如说,曾经有一次小谷朋友的妈妈因病去世。因为受打击,他朋友好像有段时间不来上学。所以小谷就说:'我知道有个人的经历更悲惨,但是那个人很努力。我觉得那个努力的家伙真的很厉害!'"

"痛苦是不能比较的啊。"

我的内心深处一阵刺痛。

"希望小谷能找到价值观和他相符的女生。但一定不是我。"

一个灿烂的笑容。

"啊,由希子。我把明天要交的英语作业本弄丢了。陪我一起去老师办公室吧。"

我们在走廊上边走边把裙摆拉长。把在腰上折了好几折的部分放下来,裙子长度就到了膝盖。

这段时间学校对学生管得很严,所以这是每次去办公室之前必须做的类似仪式一样的动作。

"又是田中你啊。你可是经常丢啊。看在你写作业热情很高的份上,这次就饶了你。下次不要再弄丢了啊!"

老师站起来走向堆满作业本的书架,嘴里嘟哝着"哎呀哎呀"。

正当这个时候,我们听到一个女孩哭泣的声音。

哇啊啊!

"那双拖鞋是三年级生的。"

由希子小声说。

一个年轻的男老师正在慌忙安慰她。

哇啊啊!

她无论如何也停不下来,哭得像个小孩。办公室所有人的目光都投了过去,但是她依然哭得很夸张。

"可能是考试的事。"

"临近中心考试,所有人心里都充满了紧张、焦虑和不安。现在可不是丢作业本的时候哦!"

老师苦笑着把一本作业本递给我。

"时间确实很紧迫。只剩下十天了!"

走到走廊,由希子一边又把裙子折短,一边说。

"由希子,你考大学吗?"

"嗯……最近想过还是考吧。真帆你呢?"

"我在犹豫是考大学还是去料理专科学校。"

"料理也不错哦。很适合真帆你呢!"

明年或许我们也会在办公室里大哭吧。或许也会希望可以甩开那些决定未来命运的日子吧。

走到外面,风飕飕吹过来,两人不约而同地说,"好冷好冷。"

在这样的天气里,我想起小时候每年正月都会举行的亲属新年聚会。

在大厅里和亲戚家的孩子玩捉迷藏,在旅馆的院子里玩耍的那段时光。许多人会把会场上的点心和水果分给我们,我们只吃自己喜欢的东西。

新年聚会不举办已经很久了,但是那时候的记忆永远不会消失。

爸爸说亲戚越来越少了。

确实,曾经拥有过的东西会从某个时间点开始慢慢失去。

当时的我对此很难理解,所以每年都会撒娇,让爸妈为难。

● 暗红色的思念

富美提出退学申请是在第三学期即将开始之前。

正在和若叶她们谈天的富美笑得很开朗、很有活力。

"富美比之前看起来精神多了。体重应该也恢复了吧？"

由希子指了指站在远处的富美。

看到我们走过来，富美的笑容依然那么灿烂。

"真帆，由希子。好久不见。"

"富美说，她从春天开始就去美国留学。"

茧子抢先说。

"美国？很好啊。富美英语很厉害呢。"

虽然有点惊讶，但是我心里却很替她开心。

"去了美国，我这样的黑头发好像很受欢迎哦！"

虽然她是在开玩笑，但是她松软的黑发确实从以前开始就非常漂亮。

"肯定很多男生喜欢你，也分给我一个呗。"

微笑中的若叶，四周的空气最近比之前的任何时候都柔和。和富美一样，若叶的时间走针可能也已经可以正常前进了。

过了一会,我和由希子去小卖店的自动贩卖机买果汁,富美走到我旁边。

"这个味道,我曾经很喜欢。"

她一边说着,一边买了西印度樱桃果汁。红色的果汁,像极了恋爱中的心。

"我,曾经很喜欢翔太。但并没有认真审视自己、爱惜自己。既然可以爱一个人爱到那种程度,那么我们也一定可以更加疼爱自己。我想今后我会更加珍惜自己。"

富美的侧脸看上去很温柔。沉稳而且优雅。

"富美,你变漂亮了。"

正在此时,中泽衣着篮球社的队服出现了。我不知道这是纯属偶然,还是出于他的个人安排。

"啊。"

顺着由希子的视线,我们看到他一个人站在不远处。

"翔太,刚才参加社团活动了?"

中泽对此并没有作答,而是简短地问道:

"富美,你要去美国?"

"对。我可能会带美国男朋友回来哦。"

富美笑着回答。

"给你写信。"

他的表情很复杂。

"不行!增永会在意的。你一定要好好珍惜现在的女朋友。不许让她感觉不安!"

小卖店入口附近,通往外阶梯的门开着,冷风呼呼吹过来。富美的长发在风中摇曳,散发着香气。

"知道了。富美……加油!"

中泽也笑了。

因为心存顾虑,我们站在离他们稍远的地方。但是同时又有些担心,所以一直望着他们。

"中泽的那个表情……那就是所谓的难过的表情吗?"

由希子使劲握了握我的手。

"或许那该称之为痛苦的表情吧。"

我一边回答一边心想幸亏穗乃佳不在。

"要一直这样笑哦! 一辈子,就这样。"

富美笑嘻嘻的。

"好。"

凛凛的身姿,比我之前看过的任何时候的她都美。

目送中泽洒脱地离去之后,我们跑到富美面前。

"富美。拒绝和他通信,这样好吗?"

"因为翔太喜欢的是增永。如果翔太不能幸福的话,那我努力的价值不就没有了吗?"

她微笑着,眼里却泛着粼粼泪光。

"真伟大!"

由希子话音刚落,富美立刻低下头开始抽泣。尽管已决定要向前看了,但是她仍然那么苦、那么痛、那么难过。

在新年的新风吹拂下,我们默默地站在一起。她一定会幸福的。

高中二年级一月六日,富美先我们一步从第三高中出发了。

新学期一开始,三年级生的考试氛围就弥漫了整个校园。升学办公室前贴满了考试日程和有关大学的信息。那里总是挤满即将迈向未来的三年级生。

"我们不仅要珍惜现在,也必须看清未来生活下去。对吧?"

午休时间,我们经过升学办公室的时候小春说。

"我真不想变成三年级生。感觉好恐怖哦!"

"三年级生呢,所有东西都被贴上了写有'最后的'的标签,真惨!"

由希子则语气平和地说道:

"哇。这可能就是所谓的'全力出击',对吧?"

我和小春点了点头。

最后的夏装。最后的班级比赛。最后的课外补习。最后的扫除。给所有的事情都贴上"最后的"的标签,单单这一点就足以让人觉得很凄凉。

三人一反常态变得伤感起来。这时,神出鬼没的小友突然不知道从哪里冒了出来。

"呀! 三人一起啊。喂,看到森没?"

"小友,你这个时候出现的几率还真高呢。"

小春笑着说。

"哎? 什么事? 你们聊什么呢?"

小友一副精力充沛的样子。

高冈以前说过我像向日葵。但是实际上没有比小友更适合这个词的人了。

"我们在聊关于即将结束的时光。小友,你在找森吗?"

由希子的话一下子点醒了小友。

"是啊,真是难以置信。你们看啊,选修课的时候,森不是会来我们教室吗?然后,不知道为什么,他总——用我的桌子!而且,每回都在桌子上写东西。"

看着小友语速很快的样子,由希子想逗逗她。

"写喜欢你还是写请跟我交往?森喜欢小友你吧?"

小友拼命否认。

"住嘴!完全不是这个原因。他每回都写一些例如'用了一下钢笔''借了一下资料集'之类的。如果是这样,好吧,我也不是铁石心肠的人,借给他也无所谓。可是这一次,你们知道他写了什么吗——?"

小友愤慨地一直说。好胜的眼睛里充满了怒气。

"他竟然写'肚子饿,所以吃了你的一个面包'!我,为了买面包,休息时间我都很拼命,好不容易买了三个。小偷!绝不原谅!"

我们都笑了,完全无视小友的怒气。

"我要把他找出来!你们如果看到了,就告诉他让他立刻滚到我这里来!"

小友跑开之后,我们面面相觑。

"资料集。"

"钢笔?"

"第二节课休息的时候,森可是买了好几个面包呢。"

小春诧异地说过之后,我和由希子更加重了我们说话的音量。

"恋爱!"

森人气很旺,虽然被人告白过,但他一直没有女朋友。

"但是,森的方式也太纯情了吧?"

"确实。看上去一副花花公子的样子。没想到还挺可爱。"

"可是小友丝毫没发现啊。刚才还那么生气呢。"

"一谈到食物,小友就会变得很激烈。"

我们一边聊着一边回到教室。立刻看到那个处在风口浪尖上的人。

"森!你在做什么呢?你吃小友的面包了吧?她很生气,正在到处找你呢。"

在教室的一片嘈杂声中,森一动不动地回答道:

"啊啊,小友啊。她在哪儿呢?"

仔细一看,就会发现一张阳光的、恋爱中的脸。他的姿势、笑容,所有的一切都散发着柔和的光,看得让人眩晕。

"什么?你还那么镇定?小友,不,公主从升学办公室往美术大楼的方向跑过去了!"

我笑着告诉他。森,眼光不错嘛!

他立刻离开了教室。

"森!"

小春立刻叫住了已走到走廊里的森。他帅气地回过头。

"你是故意惹怒她的吧?"

森的脸立刻红了起来。他这么直接的反应,让我有些小感动。

"愿你奋斗到底!"

我笑着挥挥手,他的笑容依旧灿烂。

"谢谢!"

走廊里尽管有些昏暗,但是他的笑容却十分清晰。那确实是恋爱的光芒。

"他最后的笑容,任谁看了都会觉得心怦怦跳吧?"

小春一脸的兴奋。

"面对这样的一张脸,无论是谁都会着迷的。"

"平时经常被戏弄的可是我们啊。"

"真帆你可不能心动。你可有高冈。"

"可是……坠入爱河的人果然全身都会放光呢。"

午休前大家一直沉浸在兴奋当中。一到学校,就会因为一些意想不到的事情,使得那些原本无趣的时间立刻蒙上一层让人无法忘怀的光芒。

下午的课,我一直思考着森的恋情,根本无法集中精神听课。

虽然是别人的恋爱,但是我可以深切感受到恋爱是种多么让人心跳不已的东西啊。爱上某人的感觉是何等绝妙啊。

　　我实在无法集中精神，只好往窗外眺望。从对面的教学楼里传来小步舞曲的合奏。空气在空中平静地流淌。在隔着两间房间的教室里，高冈或许也在听着这柔和的音乐吧。一想到这里，一阵暖流涌上心头。

　　就这样，数百人的我们在同一个涂有小步舞曲色彩的空间里听着不同的课。我的心中产生了一种不可思议的幸福感。睡觉的人、偷偷看漫画的人、忙着解题的人、发呆的人。通过各种方式度过的这段时光，我们理所当然地共同拥有。

　　数年之后，我们就会在截然不同的地方度过截然不同的时光。想到这里，我就觉得一定要珍惜这无可替代的每一天。

　　我怀着一份平静的心情，下定决心要珍惜所有的时光，即便是我最怕的课业。

　　"今天没什么事吧？一起回去吧。"

　　放学后，高冈从教室出来。我立刻上去对他说。

　　"怎么了？真帆你主动来找我，这是第一次吧？"

　　他很吃惊，但笑得很开心。

　　"是吗？不知道为什么我有点坐立不安。"

　　整条走廊笼罩在一片下午四点后明亮而懒散的阳光里。

"心情不错哦。发生什么好事了?"

"嗯。但是保密! 有关信用问题。"

我试图压抑着不吐不快的想法。

"明白了。不管什么事,只要是让真帆开心的事,对我来说都是好事。"

可以自然地说出一些让人心动的话,他确实是这样的一个人!

"回去吧。"

往外一看,天空很晴朗。一定是个美丽的傍晚。

在通往鞋箱那么短的这段路上,他每次和我四目相对,都会对我温柔一笑。他真是出奇地可爱。无论是在昏暗的楼梯,还是在明亮的走廊,我一边走心里一边小鹿乱撞。这种不可思议的激动心情该如何表达才好呢?

出了门,和往常一样我们蹬上自行车,慢慢往前骑。骑到稍微远离学校的地方,就剩下我们两个人了。和平常一样的青草香味。令人怀念的空气在四周流淌。

我最喜欢这种安静的时刻,十分不愿意失去。

"今天还有时间,我想去公园。"

"我也有这个打算。"

高冈微笑着点了点头。

我幸福得有些苦闷。好想就这样一直一直生活下去。

但是,现在发生的一切都会在将来的某个时候变成回忆。现在的这份心情也会逐渐变成回忆。

刘海被风撩起,冷空气吹上额头。我不自觉地闭上了眼睛。

"骑车的时候闭眼睛,有点欠考虑哦!"

"但是有风啊!"

我笑着把眼睛眯起一条缝。

很快就到了我们经常来的公园。

趁我擦板凳的时候,他去自动贩卖机买了柠檬茶过来。

"有点烫,小心!"

我用手巾接过他光着手递过来的罐子。

"好暖和!舒服极了。"

夕阳西下是最美丽的瞬间。因为美丽事物而感动的心情、觉得自己喜欢的人很可爱的心情,在我心中融和在一起,让我的心再度狂跳不已。

"冬天天黑得早,所以瞬间的美丽才更难以取代。"

高冈望着傍晚的天空,眼神纯真得像个孩子。

好想哭。这种不知道从何处涌来的强烈感觉正在我体内迅速流窜。

苦闷的心情转化成温度,游遍全身。

"虽然我不知道该如何表达,但是我们一定不要忘记这样的时光哦。"

我使劲握了握他的手。

他的身体慢慢靠近,紧紧抱住了我。就这样,我在他的怀里慢慢体会着这暮色渐浓的世界。

艺术品般暗红色的天空。

时刻发生变化的美丽世界。

因为太幸福才觉得凄凉。因为太幸福才觉得恐惧。

停不下脚步的时间从我们身边轻轻流过。

"我听到真帆的心跳声了。"

他抱我抱得更紧了。

如果这样下去,我一定会越来越爱他。那时的我一定会发狂吧。

"你哪里都不要去哦!"

不知何时打开的路灯将周围的一切照亮。

"嗯。没关系。我会一辈子在你身边。"

事实上,我连明年会发生什么事都没有信心。在流逝的时光中,或许我们不应该相信现在这一瞬间的真心。

然而我却很想相信它。不管将来有多爱他,不管有多害怕失去,我都想一直相信下去,而不是逃避。

我回忆起夏末时,我们刚刚交往的那个烟火之夜。事到如今,我依然被他如此温柔地紧抱着。

他的身体只要稍微离开一点,就会立刻再次靠近。我很自然地闭上了眼睛。

小时候,我和洋海的门禁是"天黑之前"。所以随着季节的不同,门禁的时间也随之变化。一旦沉迷于玩耍,当突然意识到天不知何时已经黑下来的时候,我总是很想哭。因为已经可以预见到一定会被家里人训斥得很惨。

"即便是现在,如果天黑的时候还在外面,我依然超有罪恶感。"

我一边说着一边喝了一口已经彻底冷掉的柠檬茶。

"那是你爸妈送给你的礼物哦。托他们的福,真帆以后也会特别留意危险的时间段。"

"可能是吧。但是呢,这么晚了,还和一个男生在一起,甚至还接吻。我感觉好像辜负了他们似的。"

我眼睛故意往上看,笑着说。

"我一辈子都会败给真帆你的这双眼睛的。"

高冈笑着说,脸上写着"认输"两个字。

因为有点胸闷,因为太爱这个世界,我的心一直狂跳不止。

● 淡蓝色的心情

"真帆,周末来玩吗?"

收到美崎的短信是在半夜三点以后。我丝毫没有注意到。

在大音量闹钟的催促下,我六点半醒了。身体发懒,头发沉,四肢无力,一度睁开的眼睛再度合上。

我第二次睁开眼睛的时候,距离迟到的时间已经很近了。

"真帆! 你真的要迟到喽!"

听到妈妈的声音,我飞身而起,慌忙做准备。

第一节课是理科。本来应该是移动教室,分成生物室和地学室两部分。但是今天根据黑板上写的"教室待命"和值日生石田的指示,大家都被安排在教室里上自习。

我挪到由希子旁边的座位,哗啦哗啦地翻看生物资料集。

"看! 上面说,郁金香如果不进行春化处理的话,就开不了花。你知道吗?"

我把漂亮的郁金香花田的照片指给由希子看。

"在种球根之前,要把它放进冰箱。没有痛苦的回忆就开不了花,跟人一样。"

由希子原本正在做题,最后索性把笔一撂,决定放弃。

"只要有痛苦的回忆,就一定能开出最美的花吗?如果有的球根接受了春化处理但是仍开不了花,那不是很悲惨吗?"

经过简单的思考,我将情感注入郁金香的球根。它天生体质不好,所有的一切都让人觉得有些伤感。

"或许球根也分幸运的和不幸的吧。比起这个,今天出什么事了吗?"

由希子指了指老师办公室的窗子。所有窗子的窗帘都拉上了,看不见里面的状况。

"这样的情形还是第一次呢。老师们好像都在开会。"

教室里一半的人在自习,一半的人在聊天。总是很爱胡闹的那些男生今天在没有人监督的情况下依然那么乖,可见事态的严重性。整个学校都非常紧张。

"所谓'教室待命',意味深长哦。可能有人装了炸弹也说不定。"

由希子以并非完全开玩笑的口吻说完之后,教室里的喇叭开始播放校内广播。

"早上好!大家现在一定都接到了在各自教室里待命的指示。现在,各自的班主任、副班主任会再去确认一下大家的出席状况。如果现在有学生在教室外,请立即回到自己的教室。重复一遍……"

"果然出事了。确认出席状况,自杀还是绑架?"

我急急忙忙坐回自己的座位。前排的小菜回过头来跟我说。

"讨厌,太恐怖了! 有人没来吗?"

"未来①呢?"

小菜问。

"啊,可能不在。今天没看到她。"

"可能只是单纯的缺席。给她发短信问问。"

小菜从书包里拿出手机。

我也翻了翻自己的书包。

"哎呀,今天好像忘记带手机了。"

在我寻找手机的过程中,小菜给未来发了短信。

"未来说感冒了。幸好!"

原田老师轻轻推开教室的门,走了进来。

所有人都一言不发,盯着老师的一举一动。老师肯定不知道我们的精神也可以这么集中。

老师急急忙忙确认了出席状况之后,再次离开了教室。

"出什么事了?"

"绑架吗?"

———————

① 人名,译者注。

中间有几个人问,但是老师面露难色,支支吾吾地不肯明说。

虽然不太清楚,但是好像真出什么大事了。笼罩在一片沉重的气氛中,教室恢复了平静。

老师离开之后,有个用手机上网搜索的男生突然喊道:"网上好像真的有绑架预告哦!"

教室里立刻炸开了锅。

第一节课下课后,在安静下来的教室里,折回来的老师开始说明情况。

"今天早上网络上出现了一条消息,大概意思是说会在大家今天上学的时间,绑架市里的一名高中生。从早上开始,我们确认了所有学生的情况。结果是,第三高中的学生,包括缺席者在内,所有人都没事。但是,附近学校里确实有学生至今不知道其身在何处。只是单纯的口出狂言,还是真的会付诸行动,目前尚不明确。这个容后再说。所以,希望大家绝对不要随便闹事。"

市里的高中。

绑架预告。

我的脑海里迅速掠过跟踪美崎的那个人的脸。

和她在一起的时候,我经常会有一种不舒服的感觉,好像在被某个人盯着似的。

而且,在星陵祭之后,我还看到过那个男的好几次。他或者站在我们顺路经过的便利商店看书,或者在水果小铺附近晃来晃去。我有好多次和他对视过。那个男人的眼神里总是充满着对于美崎的执著。

我的心里一阵混乱。

"老师!"

我站了起来。

整个身体摇摇欲坠。

"有件事情想确认一下,我可以去一下七班吗?"

教室里顿时产生一阵骚动。

"山田,和这件事有关吗?"

"是。"

骚动越来越大。

"好。虽然有些违反规定,但是从现在开始休息十分钟。十分钟后立刻回到座位!"

老师发话的同时,我已飞也似的冲往七班。

七班的老师还在讲话。

我慌张地往里看。

坚治正坐在窗边前排第二个座位上,心不在焉地听老师讲话。我一边等一边犹豫,问他美崎的事,这样好吗?

坚治并不知道我和美崎的关系。他连我知道美崎的存在这件事都不知道。一方面没有让他知道的理由,另一方面也不能让他知道。自己甩掉的女生和把自己甩掉的女生之间的友情。这一定超过了他的理解范围。

但是如今为了能够确认她是否平安,我必须坦白所有的事。如果说了,坚治可能会瞧不起我吧。他会觉得我很可怕吧。而且,其中还蕴藏着另一个问题。

我　定会受到美崎的鄙视。

不管开始的时候如何,如今我只是纯粹地关心美崎。但是无论我们变得多么要好,无论彼此多么值得信赖,事实永远不会消失。即使我们装作什么也没发生过,所有的一切都不会真的消失。

我跟踪美崎这是事实。

光是想就觉得冷。我不自觉地开始搓胳膊。

而且,我这样来找坚治,听到这个消息,高冈会怎么想呢? 我非常清楚他很在意坚治的存在。如果瞒着他,很容易被怀疑;如果老实告诉他,会很容易失去他。

由希子也是。我真的很喜欢跟我在乎的人说谎,目的是为了营造一种和乐的气氛。

可能我会因此失去所有的东西。爱情、友情,一切。

但是,这是我自作自受。算了,听天由命吧。我下定决心,抬头望向窗外。好像泼过水似的天空,它的颜色让人产生一种莫名的悲伤。

七班休息后,我冲坚治招了招手,把他喊出来。他一面诧异地看着我,一面快步走出来。

"怎么了?"

以前我经常忘带东西,就会这样来找他借。他问我的语调和那时基本没什么变化。

"你听老师说绑架的事了吧? 然后……坚治你能给美崎发个消息吗?"

笑容立刻从他的脸上刷地一下消失不见了。

"美崎？你在说谁？"

我用一种几乎要昏厥过去的声音回答：

"朝仓美崎。认识吧？我认识她。之前好像有人在跟踪美崎，所以现在无论如何一定要先确认她没事。实际上我很想自己确认，但是今天我没带手机。"

如果真的是美崎的话，该怎么办啊？

根本来不及考虑这样告诉坚治是否合适，我觉得头好晕。

"……认识？从什么时候开始？有人跟踪美崎？"

他不断重复我的话，似乎很混乱。

"我以后再跟你解释。拜托，现在就联系她。"

如今，其他的事情无论怎样都好。连解释的时间都是那么宝贵。看他一直站着不动，我觉得很焦急。

"美崎被杀，真的没关系吗？"

他在下一个瞬间抓住我的胳膊，跑了出去。到了稍远一点的楼梯，我们一口气跑到最上面一个台阶。

我可以猜想到他正在思考的事。如果要联系的话，打电话的方式最快。但是校规规定学校内禁止使用手机。所以可以使用手机的，仅限于这种人迹罕至的地方。

通往楼顶的楼梯平台。

跑上楼梯，我已经累得上气不接下气。于是一下子瘫坐到地上。

"没开机。"

拨美崎的电话很多次之后，坚治说。

冷静分析一下，她在校内是不可能接电话的。如果是在上课，没开机也很正常。

"可能是我多虑了，或许她根本就没被绑架。美崎可能和平时一样在学校上课呢。对不起，我想除了坚治之外，没有其他人可以联络美崎。"

我对着正在发消息的他道歉说。

我到底在做什么呀，真可笑！美崎如今也有了新男朋友，因为这件事我来拜托坚治真的很不合适。

"有很多事我以后再问你。现在我们先去老师办公室，去确认一下美崎到底安不安全。走吧。"

他的表情相当认真。充满爱意的表情。

"嗯。"

两人急急忙忙准备下楼梯。或许是因为一直在跑的缘故，我的头晕晕的。

"真帆！"

楼梯下，由希子站在那里。旁边是眼睛直直的高冈。

"对不起！有可能是美崎。等我一下。我立刻回来。"

我边跑边告诉他们两人。

"明白。"

越过他们，我听到由希子清晰的回答。

我和坚治跑走了。女朋友和她前男友一起从自己眼前跑走了。这个场景，高冈是怀着一份怎样的心情在看呢？

背后一阵骚乱。

但是我想一定不会有事的。因为由希子在那里。单凭这一点我就可以肯定一定没事。毫无依据的自信转化成勇气。

美崎是星陵高中联系不上的三人中的一个。听说现在其他学校都没有联系不上的学生。

"骗人。剩下的两个人都是男生吗?"

我的脑中一片空白。

内心某个角落正在幻想我们虚惊之后相视一笑的瞬间。

难道,难道美崎真的被绑架了吗?

"不!"

我当场瘫坐在地上。一点力气也没有。

"你没事吧?是你朋友还是……"

我完全记不起原田老师说了什么话。

只记得当时那种奇妙的感觉,我的意识被某种模糊的东西渐渐覆盖。

等我清醒过来的时候,已经躺在了充满着药味的病床上。感觉胳膊上有点不舒服,我睁眼一看,上面插着输液管。

"真帆,你没事吧?"

我首先看到由希子的脸。

"你发烧了。这已经是第二瓶了。因为药物的关系,体温已经降下来了。现在舒服点了吧？啊，这里是岩崎医院。"

发烧、点滴。睡之前……

我还没有完全清醒，但是脑海里却立刻浮现出美崎苍白的脸。

"由希子，和美崎联系上了吗？现在几点了？"

在午后柔和阳光的照射下，我觉得有些焦急。

如果她没事的话，到了这个时间，不可能联系不上啊。

"四点多了。美崎，现在仍然不知道在什么地方。出动了警察，我想很快就能知道了。美崎好像是在上学的途中不见的……警察找到了她骑的自行车。"

由希子紧紧握着我的手。

"警察？美崎果然被绑架了？"

不可能啊。

我见过那个男的好几次。绑架，完全是可以避免的！

"肯定会找到的。真帆，你先好好把温度降下来。"

"我想去找美崎。由希子，我们一起去找吧。我之前应该更好地忠告她的！我应该更认真地告诉她的！"

焦急感越来越浓。

"真帆，你打完点滴之后阿姨就会来接你回家。现在大厅里阿姨正在和高冈说话。"

由希子的话提醒了我。

"高冈误会了吗？美崎的事……"

看我欲言又止，由希子回答道：

"好像大体了解了。没误会，放心吧。但是他似乎对你和美崎的友情有些疑问。哎呀，因为我也有疑问，所以当时在那里解释不清楚。然后，你晕倒被送到保健室，坚治也一直跟着。他问我，为什么美崎和真帆……"

"幸好！我还担心这次不会又伤害到高冈了吧。"

我想起那时他一言不发的表情。

"不，虽然他并没有误会，但是至于你有没有伤害到他，那就是另外一个问题了。我想比起受伤，他更在意的是不了解事实真相。"

结果，我总是这样。对周围人的痛楚反应很迟钝，总是不断重复同一个错误。

"嗯……什么呢，我不知道该如何跟大家解释。实际上我有些事情对由希子你也没说。因为我很害怕会被你瞧不起。"

不能再隐瞒了。我的心里有种释然的感觉。

"我怎么可能会瞧不起你呢？无论听到什么，我都不会不理你的。"

由希子望着我说。她的表情依然温柔，总是愿意笑着接纳无可救药的我。

"醒了呢。舒服点了吗？已经可以回家喽，你妈妈来看你了。"

穿着浅蓝色制服的护士走了进来。拔掉针头，我坐起来，头脑清醒了很多。感觉血管里充满了冰凉、畅快的液体。

"真帆,起来了? 回家吧。我们也去送送由希子。谢谢你啊,还特意来医院。"

"没事吧?"

在妈妈身后,我看到高冈的身影。

"之后我会跟你解释清楚的。"

"明白。等你平静下来再说也不迟。"

高冈递给我一张好像是从笔记本上撕下来的纸。

"什么?"

我莫名其妙地把纸打开。

"开生活会的时候画给你的。无意中。"

是哆啦 A 梦的画,虽然有点不太像。我还是第一次见他画画。我很吃惊,平常不管多小的事情,他都不会听漏,但是今天他竟然没有认真听生活会!

"谢谢!"

他还是像以前一样说:

"真帆你可以恢复健康,这样就够了。"

车上,我和由希子仍然手牵着手。

"妈妈,今天由希子可以住我们家吗?"

"说什么呢? 那么突然。你还发烧呢。"

我继续求妈妈:

"我已经没事了。明天星期六,也没有课外补习,好不好? 拜托啦。有很重要的事。"

从车窗向外看，两旁的路迅速后退着，路上行人比平常还少。冬季晴朗的天空，被染成比浅蓝色更深的青色。

"由希子，你不问一下家里人也不知道可不可以？"

"如果由希子家里没问题，那就可以，对吧？我绝对不会不自量力的。拜托啦。"

我始终不肯罢休。

拜托。必须是现在。美崎失踪就是现在。我必须坦白很多事情也是现在。

如果在平时，看我这么任性，妈妈一定会断然拒绝。但是在路口等信号灯的时候，妈妈却温和地答应了。

"下不为例。但是由希子你可以吗？因为不是感冒，所以不会传染的。"

"我问问看。阿姨，我不会让真帆逞能的。"

由希子牵着我的手说。

最后，由希子终于住了下来。我们晚上十点就做好了睡觉的准备，开着小台灯开始聊天。

把所有的事情告诉由希子之后，我感觉轻松了好多。好像放下了一直压在胸口上的石头。

不能告诉任何人，这件事情本身就很沉重、很辛苦。

"傻瓜！你即使不跟踪美崎，我不是也每天抱着安慰你的嘛。"

由希子紧紧抱住我。从她身上散发出和我一样的沐浴露的香味。

"但是,对于那个时候的你来说,那是无论如何也必须做的事情吧?"

"认真想想,是这样的。被坚治抛弃之后。我一直不知道该如何生活下去。嗯……他们一定会找到美崎的吧?"

我把美崎发给我的短信打开,给由希子看。

"真帆,周末过来玩吗?"

"大半夜的……美崎到底在做什么?在想什么呢?"

"美崎是那么孤独的一个人吗?"

由希子认真地问道。

"确实。看上去好像拥有一切,但是美崎真正需要的东西,她却都没有。亲人应该无条件给予的爱护、让她觉得安心的空间。甚至是喜欢一个人所该有的基本的自信心,她都没有。"

我忽然想起她那无时无刻看上去都是那么寂寞的眼神。

"那些正是美崎即将拥有的东西。因为什么都没有,所以才有极大的接受空间。"

由希子不假思索地回答道。

是啊。由希子就是这样,总是会有自己的独到见解,可以瞬间照亮别人的未来。

"由希子,你太厉害了!现在,我有点小感动哦。"

她望着我,笑得很开心。

和以前睡午觉的时候一样,我们在一张床上手牵着手。

安静的夜里,我只听到自己和由希子的呼吸声。

明天，美崎一定会平安回来吧。

那时，我就会把刚才的话一句不落地说给她听。

"美崎的接受空间非常大。"

这样说完之后，我就立刻紧紧抱住她。

脑海里反复思考着这件事，想着想着我就进入了梦乡。

退烧药的药效果然很大，在这样的夜晚，我也可以睡得
如此安稳。

● 向日葵的痛苦

清晨,我睁开眼睛,由希子很早就起床了。

"感觉怎么样?"

清晨全新的笑脸。

"很好。"

"太好了。今天准备干吗? 好像美崎还没回来。"

由希子把电视的音量调大。

全国版的新闻里正在报道《女高中生失踪事件》。我的眼前浮现出那个男子的脸,蛇一样望着美崎的眼睛。

"你陪我一起去美崎家吗?"

"嗯。一起去。我去和阿姨说一声。"

走到起居室,妈妈已经准备好了两人份的热柚子饮料,等着我们。

"绝对要两个人一起行动! 一个人绝对不行哦!"

我们用力点点头。

出了门,四周被冷空气覆盖着。好像要下雪了。

到美崎家之前,我们基本上没说话。因为逐渐意识到事态的严重性。可怕至极。

岸田家周围一反常态地热闹。

"看！有好多记者哦。"

由希子很吃惊。

"还是不要靠近了。好歹来了，可是……"

因为不能去处于风暴中心的岸田家，我们只好走进对面的公园。在那里也停了好几辆采访车。

岸田家的窗帘全都紧闭着。

"真帆……那是坚治吧?"

我回头一望，在公园的另一边，看见穿着便装的坚治。

他注意到我们之后，径直向这边走来。

他现在已经可以很正常地看我了。好像这一切都是理所当然的。虽然我们已经不是男女朋友，但是这种似乎瞬间返回到一年前的感觉仍然让我心痛不已。

去年和往年不同，是个下了很多雪的寒冬。因为太冷我们变得更爱笑。一边呼着白气，一边因为一些芝麻绿豆的小事而开心。那个冬天的寒冷和如今空气的冰凉奇妙地重叠在一起，我的心好痛。

我想，痛的不是我，而是记忆。曾经是那么喜欢他，所以记忆在痛。

"你是因为担心美崎才来的吧?"

由希子确认道。

那是理所当然啊。他肯定不是因为想抱我才走过来的。坚治的身形、脚步声，所有的一切还和以前一样，这让我产生了奇怪的错觉。

他走到我们身边，小声说：

"看报纸了吗？成全国新闻了。"

"早上看的。从来没有这么真实过。该怎么办呢？"

由希子回答说。

多云的昏暗天空和增添恐怖气氛的冷风让我们觉得更心烦。

"哔哔哔哔哔哔哔哔哔"

手机铃声打破了沉默。我慌忙拿出来一看，屏幕上显示的是高冈打来的。

"我可以把高冈叫到这里来吗？"

仔细想想，这个想法可能有些荒唐。但是我再也不想隐瞒什么，担心什么了。

"嗯。最好把他叫过来。"

坚治立刻回答道。

"哇啊！"

由希子只说了这句话。

等高冈的大概二十分钟的时间里，我们的人数增加了一人。在公园附近频繁抬头张望美崎家的一名男子，我觉得他有点眼熟。

"难道你是佐久间？"

"是。难道你是山田真帆？"

我点了点头。

"你完全猜不出美崎会在哪里吗?"

佐久间看起来人不错,我松了口气,然后问他。他是之前美崎送给我的大头贴上的那个人,是美崎的男朋友。

高冈到了之后,我们面面相觑。意想不到的一堆人聚在了一起。

我、由希子、坚治、高冈、佐久间。

"真像比佛利山青春白皮书①啊。"

由希子笑了,但其余四个人都没笑。

五个人什么都做不了,只能担心美崎。只有时间在焦躁不安中无情地流逝。

面对这样的大事件,身为高中生和专科学校学生的我们显得格外无力。没有人说更深入的话,"怎么办"占了对话的一大半。

几个小时过去了吧。天气一变,下起了雨夹雪。正当所有人都冷到极限的时候,位于岸田家二楼的美崎房间里出现了一个小人影。

"美优璃!"

我慌忙使劲挥手。与此同时,照相机的闪光灯开始劈里啪啦闪个不停。她又立刻消失得无影无踪。

"她可能忘记我了吧。"

_____

① 又译:飞越比佛利。译者注。

那么小的小女孩即使忘记我这个只和她玩过几次的人，也不足为奇。我突然想起在什么地方读过的一句话，"人最厉害的能力在于会'遗忘'"。

"在小孩子看来，所有人都是小纱①。"

听由希子这么说，高冈的表情也缓和了一些。

"那首歌实际上是首悲歌。她一定忘记我了……"

但是美优璃并没忘记我。

过了一会，从岸田家走出一位陌生男子，他朝我们这边走来。是个穿便衣的警察。

"她说，昨天早上她姐姐说明天或者后天真帆可能会来。"

好像是美优璃这么说的。

我们穿过岸田家的和室②。有好几名警察在隔壁的起居室待命。

我被其中一个叫到起居室，问我话。

我开始拼命描述那个男人的事。

他们要根据我的记忆绘制画像。蛇一样的眼睛被画得和真人一样，令人毛骨悚然。由美站在稍远的地方，眼睛又红又肿。

以此为契机，我们开始在岸田家等消息。岸田家的和室，我是第一次进来。那是一间铺有榻榻米、散发着木头气

① 《小纱》是日本的一首童谣，阪田宽夫作词，大中恩作曲。译者注。

② 装修成日本风格的房间。译者注。

190

味的雅致房间。

五个人挤在一间房间里，气氛比刚才在外面更奇怪。

周围流动着尴尬的空气。和一个人说话时，就必须照顾到另一个人的感受。奇怪的空间里好像到处都是地雷。

"真帆！"

坚治首先打破了沉默，所有人的目光一起投向他。

我在桌子底下握了握由希子的手。

"美崎和你什么时候成朋友的？是在我们分手以前？如果你是在之后认识美崎的话，那和我有关吗？美崎知道我和真帆你的关系吗？"

这个问题很有可能会牵扯到我、高冈和佐久间。

我应该说什么，具体说到什么程度呢？

所有人都屏住呼吸等着我回答。房间里的时钟，滴答滴答跳动的声音听得非常清晰。

沉默了一会之后，我做好了准备。

"在你因为体育祭的练习晕倒的那一天，你不是早退了吗？事实上我也早退了。因为那个时候我还喜欢你……所以不知不觉就一路跟着你。"

我听到高冈稍微叹了叹气。

疼痛感在胸口奔走。

和记忆反应的疼痛不同，这种难过和疼痛是在当下切实感受到的。

但是我不能放弃。

已经不能再逃了。

"那一天，我第一次见到美崎。我才知道原来世上还有那么甜美、那么通透的人。当时我非常难过、非常懊恼。我认为是她抢走了坚治。现在我喜欢的是高冈。但是那个时候我还没从失恋里走出来。"

我不敢看任何人。

大家心中各式各样的想法在寂静的和室里正在以一种无形的方式乱舞。

"第二次见到美崎纯属偶然。暑假期间，我去书店，美崎也在那里。我发现以后就一直跟着她。这个家在夏天的时候会盛开许多向日葵，非常漂亮。这一点我当时也非常羡慕。当时我就在想，你什么都有，为什么连坚治都要抢走。所以……就连我自己都觉得很反常。我整个暑假每天都不参加课外补习，一直在那个公园里观察美崎。"

虽然我知道哭是怯懦的表现，但是眼泪却止不住地浮出来。

我知道，如果有人在你面前哭，你即使想责备他也没有办法。但是我心里却丝毫没想过通过哭来逃避。

至少为了不让浮出来的眼泪滴下来，我眨了眨眼睛。

"我从没想过要加害于她，一次也没有。我只是想每天看到她。虽然这很明显是跟踪狂的做法……但是我如果不那么做就会很痛苦。因为那时我无论如何也忘不了坚治。"

我已经不知道是在解释给谁听了。

因为美崎叔叔给我们打开了空调的缘故，整个房间很暖和，喉咙干干的。

"但是，在观察美崎的过程中我也发生了变化。不如说我喜欢上了美崎。我渐渐忘掉了坚治，却开始在意美崎。因为她看上去非常孤独。成为朋友的契机是，有一次美优璃跟我说话。"

不行。说了这么多，我还没将事实说明一半呢。

我抬起头。坚治的表情看上去既愤怒又好像很想哭。

"美崎什么都不知道。如果知道的话，我想她一定会瞧不起我。"

由希子用力握了一下我的手，好像是在说，"绝对没这回事！"

高冈的表情也很痛苦。自己的女朋友在自己面前说曾经多么喜欢前男友，而且还做了那么多异常的举动。这种可怜的状况的确很罕见。

"现在说这些绝对很可笑，而且我觉得很对不起高冈……"

坚治看着我，一直沉默不语。他的表情很僵硬。

我心想，不管他说什么都无所谓。因为我确实做了这样的事。

我低下头，等待着他的责备。

"真帆，因为我，让你有那么痛苦的回忆，对不起！让你每天那么过，对不起！我辜负了你的心意，对不起！"

他竟然是这种责备的方式！

"为什么……你为什么这么说?"

心里的苦闷一下子全都涌了上来。

我的视线开始变得模糊。

这是现在的泪水还是夏天的泪水,我不知道。对于坚治的原本应该消失的各种各样的情感一下子涌了上来,我感觉一阵眩晕。记忆从原本应该封印的地方流出来,刺激着我的情绪。

我果然还是哭了。

我明明清楚地知道在有高冈的地方这样哭是违反规则的。我明明清楚地知道被违反规则的那一方是多么的痛苦。

"美崎……"

佐久间冷不防地冒出一句:

"她知道真帆在观察自己!"

听到这个威力强大到类似炸弹爆炸的消息,所有人都惊呆了。

她知道……?

"骗人……"

我再也说不出任何话了。眼泪在一瞬间也停止了。

"嗯,她知道。但是美崎应该很开心吧。每当她对我的心意表示怀疑的时候,她经常这么说……"

佐久间的话静静传入我已停止工作的大脑里。

"她说,只要夏天时候的真帆望着她,喜欢她,那就够了。"

我已经什么都不明白了。

"她连我是坚治的前女友也知道?"

"她知道。"

我感觉我快要窒息了。

"那美崎和坚治分手是因为我?"

我呆住了,只有嘴巴在嘟哝着。

"这个倒不是。美崎……"

佐久间刚一开口就停住了。

接着往下说的是坚治。

"因为美崎并不喜欢我。"

"哎呀哎呀!"

由希子为了挽救不愉快的气氛,急忙打圆场。

佐久间和坚治对话,不用想也知道是件不得了的事情。

"美崎没有瞧不起我吗?"

丝毫没有觉察到真相的小丑可能是我。

"她说真帆看自己的眼神总是那么温柔。"

"也就是说,真帆真心希望美崎能幸福的这份心意,美崎也知道了?"

由希子的表情好像在说,"这样不是很好吗?"

"我已经做好了思想准备,但是没有人责备我。我不知道该怎么办才好了。"

我嘟哝着。当自己原本准备要哭的时间被其他事情抢走时,小孩子那种不知所措的心情,我现在非常了解了。

就这样,让这件事情结束好吗? 我的心里还是有一点小疙瘩。

"真帆是个笨蛋!"

高冈的脸上有些疲惫。我的心好痛。

"这才是她最可爱的地方吧。"

由希子笑着说。

"这个我当然知道。"

房间里的空气迅速软化。

"那个,我说喜欢美崎,对不起啊。"

坚治向佐久间道歉说,他似乎突然想到似的,在如此奇妙的时候讲礼仪。

"我想基本上没有人会不喜欢美崎。你现在还在喜欢她吧?"

佐久间很稳重。

"非常喜欢。"

坚治好像是被戳穿心事的小孩,诚实地回答道。

这番对话,如果是在半年前听到,我恐怕会昏倒。坚治现在依然喜欢美崎。

但是,我现在觉得这个事实救了我。我不是因为半途而废的见异思迁而被他抛弃。而是败给了即使被甩、即使对方有了新男友、也放弃不了的那份深情。

我感到夏天的苦闷感在不断降低。

"我和你的立场,肯定非常的相似。"

佐久间用一副看"难兄难弟"的表情望着坚治。

"我可是已经被甩了哦!"

"但是,确实很像。只是时间上的差别而已。美崎实际上不需要任何人。虽然她很迫切希望被人爱,但是她不会爱别人。我知道总有一天我也会被美崎踢出局。"

佐久间看上去也很孤单。

总有一天会有人告诉自己我不再需要你。

"即使这样也可以吗? 即使这样你也愿意留在她身边吗?"

由希子觉得不可思议地问道。

"只要美崎希望我在她身边,我就会竭尽全力为她指明道路。即使知道某一天我也会被甩。这或许是自虐吧。但是,哪怕是一瞬间也好,我希望能让美崎安心。我希望能够让她充分享受生活。"

佐久间的温柔也不同寻常。

"那不会是同情吧?"

听高冈这么问,佐久间沉稳地回答道:

"我想那是爱情!"

"美崎一定会安然回来的吧。"

我心里不断祈求着。

拉门外已经有些暗了。

"她会回来的。看到这里的五个人,她一定会吓呆的。她会说'什么呀'。然后就会知道我们到底有多担心她了。"

仔细一看,我才发现由希子的眼圈也红了。

"美崎很快就会回来了吧……"

来到这个房间之后，由美立刻给我们泡的红茶，谁都没有动过，现在已经变温了。

天黑了，美崎依然没有回来。

警察的焦虑、美崎叔叔的疲惫都达到了顶点。警察终于决定要进行公开搜查，他们把美崎的照片在全国新闻上播放，寻求线索。

我们在晚上七点离开岸田家。每个人都沉默不语。

我们再也不会见面了吧。

听说语言里住着神灵。

美崎会平安的吧。

我现在没办法立刻帮你，对不起！

我一边祈祷道歉，一边考虑美琦的事。坚治送由希子回家，我和高冈两个人一起回去。

夜里气温很低、很冷。

"希望你不要再发烧了。"

高冈把自己的围巾手套递给我。

"没关系，我自己也有。而且如果都戴上的话，看起来会像不倒翁。"

虽然我一直拒绝，但是他充耳不闻。最后我还是围了两条围巾，戴了两副手套。

他的手却冻红了。

我们到了公寓，停下车。在停车场旁边，我一把抱住他。我一直很想这么做。

"我今天说了很多不该说的话，实在对不起！"

我哭了，对不起。

"你已经不再相信我了吗？"

"我想更珍惜真帆你。"

他也紧紧把我抱住。让人感到愉悦的压力。

"真的？"

我确实很害怕被他讨厌。

"我发疯似的喜欢高冈你！"

"听你这么说，我心里很感动。"

高冈微微一笑，轻轻吻了我一下。

他真可爱，我的心里好像被什么东西塞得满满的，好闷好痛！

回到家，全家人一起看新闻。

"真帆，你还发烧吗？"

妈妈碰了碰我的额头和脖子。

"好像不烧了。由希子呢？已经平安回去了吗？"

"嗯。一个朋友送她回去了。"

和家里人在一起，我就感觉很想哭。

"朝仓美崎……是你朋友吧？"

我来到走廊，跟我一起出来的洋海问道。

"嗯。"

我眼睛里含着泪水转过身来。

"是之前你画画给你做模特的那个人?"

"嗯。"

我擦了擦眼泪。

"会找到的,我有预感。我的直觉总是不会错的,对吧?"

洋海说得很有力。

"嗯。"

他立刻抱住我,嘴里一直重复着"没关系"。弟弟已经远远比我成熟了。

深夜,我躺在床上却毫无睡意。

一想到美崎纤细的身体和淡淡的脸色,我的胃就一阵绞痛。在发生这件事之前,我明明应该有很多预防的方法。如果当时我们能再多加警惕的话就好了。明明她是自己那么在乎的美崎。

美崎……无论是佐久间还是坚治果然都非常喜欢美崎!大家都在祈祷美崎可以得到幸福。

无法传达的想法才最让人着急。

现在一无所有是为了将来能接受更多的感情!所以,你一定要平安回来!

清醒的脑袋里一晚上都在不断想着美崎、夏天跟踪的经历,而美崎对此了如指掌、坚治、佐久间、由希子。

成为跟踪狂的时候,我甚至嫉妒那盛开着向日葵的院子。美崎身边所有的一切看上去都是那么明亮、耀眼。

对不起,美崎。你真正想要的东西明明不是这些。

我第一次感到即便把世界上所有的向日葵都送人也无所谓。

无眠的夜不会那么容易结束。

第二天,我们又聚到了一起。是美崎失踪的第三天。不过,我们实在不好意思去岸田家,最后跟佐久间要求说去他公寓。

四人碰头后,一边电话联系,一边找佐久间的家。很快就找到了他描述的黄色公寓。

公寓通风很好。我们四个人开始爬楼梯。

"真是想不到,坚治你那么坚强。"

被由希子这么一说,坚治有点恍惚。

"去前女友的男朋友的房间,不常见吧。"

"喜欢上前男友喜欢的人,也不常见吧。"

高冈看着我,开玩笑似的笑着。

"原来所有的事情都是有可能发生的。"

由希子的语调很轻松,试图缓和气氛。

佐久间的公寓很舒服,可以看到大片的蓝天。

Wide show 上正在滚动播放美崎绑架事件。在她的面部照片旁边写着"美少女绑架事件"的字幕。

画面上出现了发现美崎自行车的地方、星陵高中以及我们都认识的许多地方。在电视上看那些经常见到的景色,感觉有些奇怪。

"犯人到底想做什么呢?"

坚治嘴里嘟哝着。

"可能是想跟美崎待在一起吧。"

由希子稍微想了一下回答道。

"可是即使绑架,可以和美崎待在一起的时间也有限啊。被捕明明只是时间的问题。"

听高冈这么说,大家也觉得很有道理。

但是谁都没说话。

接着,佐久间把外卖比萨的菜单放在了桌子上。

"叫比萨吧。饿着肚子可不行。"

大家明明都在吃比萨,但是空气却异常紧张。食之无味的比萨。由希子熟练地抓出一把青豌豆,放到我盘子里。

可能再也见不到美崎了吧。

尽管让自己尽量不去朝坏的方面想,但是随着时间的流逝,我的脑海中不自觉地只浮现出这句话。

真希望能尽早见到美崎。

到了傍晚,手机的短信铃声突然响得很大声。正是大家在呆呆沉思的时候。因为太安静,就像时间停止了一样,所以听到铃声,所有人都大吃了一惊。

我慌忙打开手里握着的手机。忽亮忽闪的是"岸田家"三个字。

"喂喂。"

我紧握着手机,似乎在祈祷着什么。

"是真帆吗？我是岸田。刚刚已经找到美崎了。"

"真的吗？她没事吧？"

我急忙问道。

"我现在在去往医院的路上。听说，她虽然没有意识但只是因为睡着了，应该没什么大碍。让你担心了，谢谢！"

"哪家医院？我们是不是最好不要去？"

"市民医院。等她恢复过来，预计要被警察问话。所以等这边忙完，你们可能要再多等一会。我再联系你吧。"

所有人的眼睛都盯着我。

"她没事吧？"

由希子眼泪汪汪地挽着我的胳膊。

"听说没事。说是现在医院还有很多事情要处理，结束以后再联系我们。"

紧张的空气一下子松开了。

"太好了！"

由希子大声喊道。房间里的时间终于恢复了。

佐久间和坚治都在默默地哭。两个男人在狭小的房间里哭泣，空气好诡异。

美崎平安回来了。平安。我想我会一辈子信奉上帝。

"吃比萨吧。"

由希子和我开始拼命吃剩下的比萨。

"真能吃。"

高冈苦笑着望着我们。

她还活着。美崎没有被杀。如今这样就足够了。我会再去见美崎。我还可以拥抱她。

房间被夕阳染红，无论是墙壁、东西还是我们的脸看上去都有种怀旧的感觉。大家都好可爱。整整三天，我们心里都那么不安，完全不可能会聚在一起的五个人只能相互支撑。

西边的天空渐渐从深红色变成略带紫色的李子色。

没有丝毫的不安，只是美丽。

我惊奇地发现，在原本我应该最怕的傍晚，我的心情却异常舒畅。

● 巧克力色的幸福

　　事件已经过去四天。美崎一直在睡。虽然诊断说并无异常，但是她却一直在睡，没醒过。

　　绑架犯确实是一直盯着美崎的那个男人。他在警察局审讯室里又哭又闹，所以一直都没问出绑架动机以及这三天里发生的事情。美崎叔叔说要先对他进行精神鉴定。

　　我只能认为那个男人是为了逃避责任才装疯的。

　　我们还是不能去看美崎。

　　"为什么不醒呢？可能是因为确实吃了很大的苦头。"

　　三天里，她到底在哪里遭遇过什么不幸呢？

　　放学后的教学楼没什么人。从明天开始就是期末考试。

　　"关于今天的记忆，只有美崎没有吧。"

　　由希子的话在空无一人的走廊里静静地回响。

　　"她不会就这样一睡不起了吧？"

　　"睡觉也一定会有个限度吧。"

　　她说完之后便望向天空。比起那个舔冰淇淋的夏天，比起星陵祭的时候，她的眼神更像个大人了。

我也站在旁边抬头望着天空。

"今天的学校不知为何感觉有些冷清。有可能是因为
人少。"

"因为是考试期。"

由希子苦笑了一下。

"考试啊,总是在考试之前,发生很多事。整个气氛都
很不幸。但我现在却认为,我们总是在为一些芝麻绿豆的
小事一会儿高兴一会儿懊恼。"

我一边开窗户一边自言自语地说。

"哇,好冷! 真像冬天啊。"

风吹在由希子脸上。她吃惊地喊道。

"三九天!"

我笑了笑。

两人一边呼着白气一边在那里玩。

空气很冷,散发着恬静的气味。

"明天是生物、英语和数学。今晚要熬夜了。"

由希子把怀炉贴在脸上。

"这个怀炉不暖和。"

她痛恨地摇了摇怀炉。

"只有生物还勉强过得去。"

"高冈数学不是很厉害吗? 可不可以让他教我们啊?"

刚迈步出去的由希子回过头来。

"但是理科的范围不一样啊。而且今天是考试前一天。

现在也不是教我们的时候吧?"

他在考试成绩排名上,从来没有低过全年级前十名。

他原本就是一个爱好读书、即使不在考试前,也很爱学习的一个人。偶尔他也会教我解题方法,但是他的解题方法有点不同。

例如,突破课程的界限,用自己喜欢的解题方法解理科的题。用数学公式解理科的问题,对他来说很平常。他脑部的构造本身就和其他人不同。

"我初中的时候并不讨厌数学。到现在我还记得计算球表面积的公式。"

"好怀念啊!"

由希子抬起眼睛望向远方。此时,我忽然意识到在各自的初中时代,由希子一定也有其独特的经历。

"是的是的,那个时候真好啊!"

中学的时候,我们总是仅靠背诵和少许的应变能力,千方百计取得分数。即便是自己最怕的理科科目,我们也催眠自己,只为了考取一点点分数。但是虽说催眠自己,高中的学习内容实在是难度太高了。

"人的一生中,好像只会使用百分之几的脑容量。所以照理说,我们活着的时候不应该能感觉到用脑的极限啊。但是上高中课程的时候为什么我会觉得到极限了呢?"

由希子脸上写满了不可思议。

我们走出去,外面比想象中更暗、更冷。阴历二月明明很快就会进入春季,但却冷得好像冬天的最后一波冲击似的。

"冬天会让人特别怀念别人的体温。"

由希子一边一圈圈地围着围巾,一边说。

"是啊。这个刚好和体温差不多。"

她将我递过去的怀炉放进胸前口袋中。

"真帆你怎么办?"

"今天不冷。我里面穿好多。"

初中三年级的那个冬天,我们苦于应付考试的每一天就那样一点点流逝殆尽。现如今,高中二年级的冬天仍然会像那时候一样慢慢流过吧。

我和由希子一起走出校门。我既讨厌寒冷也不喜欢夜路。但是却非常钟爱这种坦然自若的时间和空间。每当冷空气吹过脸颊,我就会痛苦地感受到当下时间的沉重。

美崎醒过来是在揭示板上即将公布期末考试名次的时候。美崎叔叔说,她刚醒的时候,意识还有些模糊,立刻就又睡过去了。

由希子和我的考试成绩都不理想,所以为了准备星期六的补考,我们放学后留下来复习。高冈当我们的老师。

"现在还不能去探病吗?"

高冈一边在我的作业本上划圈,一边问道。

"好像还有警察进进出出。而且听说大部分时间她还在睡。"

"无论表面看上去多正常,她心里未必没问题。或许现在她还没有心情见任何人吧。"

由希子一边做题一边说。

"或许是吧。如果遇到类似绑架之类的事,所有人都会受到PTSD①的折磨。美崎一直睡可能也是出于这个原因吧。"

"我也是这么想。"

由希子抬起头。

原本就比任何人都柔弱的美崎被跟踪狂困了三天,精神状态一定不会正常。起身面对现实,对于她来说一定很痛苦。

"她也曾清醒过,所以我相信接下来一定会慢慢好起来的。"

对于高冈的话,我们点头表示赞同。

"等她再好一点,我们就去看她。"

由希子话音刚落,身后传来一个明快的声音。

"你们三个人在偷偷商量什么呢?"

回头一看,小春和穗乃佳正微笑着站在那里。

"密谈补考的事。"

我和由希子笑着扬了扬作业本。

经过多次的修改、练习,作业本上终于布满了圈圈。

"惨了!我也要补考啊。是什么时候来着?怎么办,穗

---

① Post Taumatic Stress Disorder,创伤后应激障碍。译者注。

乃佳？"

小春慌张地哀求穗乃佳。

"我可及格了！现在要开学习会吗？"

穗乃佳笑得很温柔。

"我们教你。因为我们已经复习得很好了。"

穗乃佳一边安慰嘴里碎碎念的小春一边将她带走了。高冈望着她们离去的背影笑着说：

"如果托儿所有那样的老师，小朋友一定很幸福。"

"托儿所里好像也有那样的小朋友。"

由希子用手指了指逐渐平静下来的小春。

回家的路上，因为由希子一直说很冷，我们便顺道去了水果小铺。店铺附近飘散着一股巧克力的甜味。单凭这一点就让我觉得很幸福。

"呼……好幸福。如果喝了这里的可可，其他店里的可可就喝不下去了。"

"味道那么不同吗？"

高冈对此表示怀疑。

"完全不同哦！这里用的不是可可粉，而是溶解了的巧克力。里面的奶油也是在普通的生奶油里加了香草，淋在可可上的感觉很不同哦！"

"嗯。确实很香。不知为什么我以前都没注意到。"

由希子开心地把奶油放进嘴里。

"真帆你总能留意到这些事情。将来当蛋糕师如何？"

高冈佩服地说。

"你也是这么想的吧? 确实很适合你。"

由希子也点头表示赞同。

"这是我的理想之一……将来的事情很难决定。"

目前我完全不知道自己的未来有哪些可能性,也无法预测自己会选择怎样的人生。

"我也一样。将来会做什么呢? 完全看不到将来。"

"你虽然在叹气,但是为什么丝毫看不出来你很困惑呢?"

高冈对着由希子说。

"既然未来尚未完全决定,任何可能性都会有吧? 正因为立场不固定,虽然也会感到恐惧,但是我觉得非常自由。所以现在我觉得很幸福。"

她笑得很灿烂。这个光彩夺目的笑容,我很喜欢。她笑得确实非常、非常灿烂。

巧克力浓郁的甜味包裹着我们。

我回到家的时候,洋海对我说:

"从真帆你的身上散发出一种幸福的味道。"

"那是因为我身在幸福中啊。"

我咧着嘴呵呵笑着。

"哼……那分给我点,那种幸福感。"

"嗯。我买了巧克力,给大家的。"

妈妈接过我递过去的东西,开心地打开盒子。

"这是今天的甜点。"

在平凡无奇的每一天,和希望与之分享幸福的家人在一起是何等棒的一件事啊!

在即将进入三月前的一个星期五,我们一家人出去吃饭。我和洋海想去吃西餐,但是最终还是去了妈妈推荐的豆腐料理店。

"啊,没想到这么好吃! 不对,是超级好吃!"

并未抱太大希望的豆腐料理原来是那么美味。

"豆腐还有这样的做法呀。"

洋海也很赞叹,吃得狼吞虎咽。

妈妈满脸的得意。

爸爸一边笑一边把柠檬汁挤在炸豆腐皮上。

"这里是你妈妈很喜欢的一个店。"

"你们以前经常来吗?"

洋海立刻问道。妈妈回答得也很轻松:

"那倒也不是。"

岭冈豆腐、奶汁烤豆腐皮、酱烤面筋、拌蔬菜、豆腐锅、炸豆腐……菜肴陆续端进来。一家人一起出来吃饭已经是很久以前的事了,让人感觉有些怀念。当然,长大之后我们每年也会像现在这样出来吃几次,但是我边吃边想,我所感受到的却是穿越了时空界限的怀念之情。

我还想跟他们撒娇。我还想被他们保护。

回家的路上，我和洋海走在妈妈爸爸稍后面的地方。

"刚才在收银台，看到妈妈出示的点卡了吗？上面已经积了很多点了呢！"

洋海兴致勃勃地说。

"果然。而且他们非常熟悉菜单。两人绝对经常来。"

我们小声说道，唯恐前面的两个人听到。

或许是因为冬天即将结束的缘故，我感到空气变得柔和了许多。散发着一股季节变化前的温柔气息。

"虽然被他们排斥，我感觉有点难过，但是知道了他们两人经常一起出去吃饭，难道你不觉得很开心吗？"

洋海的表情非常平静。

"嗯。确实没办法生气。我反而觉得很温暖。将来我也好想撇开孩子去约会吃饭。像妈妈一样，寻找自己中意的小店。"

"好啊。无论有没有孩子，只要两人的关系能维持一种幸福的状态就好。从这方面来说，我们的爸妈简直太成功了！即使我们都离开了家，他们似乎也能生活得很开心。"

这番话再度勾起了我对于未来的想象，那些想象似乎已经开始被我遗忘了。风忽地一下吹进我的胸口。

"小洋你不会觉得冷清吗？我还是喜欢像现在这样四个人在一起。"

"真帆你这一点真好。永远那么依赖别人。放心吧，短时间内还是会维持现状的。"

洋海微笑的脸上丝毫找不到任何寂寞的感觉。而我却觉得有些寂寞。

对于时间不断减少这件事,小洋难道不会觉得很伤感吗? 在我们做这些事的过程中,有限的时间明明在不断减少啊。

"小洋,好冷! 冷,不行了!"

在一片春天的气息中,我牵着洋海的手。

"小樱好吗? 最近没来嘛。"

"她说很快就有钢琴演奏会,她正在加紧练习。"

他的表情里出现了一丝落寞。

小洋原来也会有这种表情嘛。

"好孤单啊!"

"与其说是孤单,我更觉得是一种焦虑。焦虑的原因在于,至今为止我还没找到任何能让我全心投入做的事情。"

"面对她那样的才能,我也觉得很焦虑。原因在于,我会问自己,在小樱的技艺变得越来越娴熟的这段时间里,我自己到底取得了什么成绩? 但是,小洋你不是在参加社团活动吗?"

实际上,在我看来,他非常热心社团活动,每一天过得都很充实。

"社团活动很开心,也确实很有价值。但是我想做更有价值的事。类似那些值得一辈子全心投入的事情。"

声音有些激动的他正在憧憬着未来。他的眼睛闪耀着热情的光芒。站在这里的是逐渐成熟的弟弟。无论是他的眼神还是他的内在都在飞速地发生着变化。如此一来,他将来或许会走得很远吧。

"你还是成熟得慢一点比较好。"

"什么?"

洋海微笑着。

多年以后,当我们真正离开家的时候,一定会回想起今晚发生的事吧。

一定还会想起有些微醺的爸爸妈妈、姐弟俩一起走过的街道、牵着手的温度以及四人共同度过的温馨时光。

● 彩虹般色彩斑斓的糖豆

翌日,我和由希子两个人一起去探望美崎。好久不见的美崎变得更加苍白、瘦弱。

"好像睡美人一样,一直在睡。"

美崎睁大了她那双漂亮的眼睛,直直地盯着由希子看。

"和现在的由希子看起来不大一样啊⋯⋯感觉比较小。"

"我?"

由希子不可思议地望着美崎。

"嗯。我睡着的时候,有好几次梦到由希子。看上去比现在小,好像小学生一样。我在一个陌生的地方,漫无目的地走着。然后就听到由希子说'去那边'。她指的那个地方看上去一片漆黑,所以我打算不听她的。但是她很固执地不断重复。最终,我还是拗不过她,往她指的方向走去。"

她看上去不像是在开玩笑。

"因为经常在梦里见到,所以我并不觉得和由希子好久不见了。"

她望着由希子的表情很温柔。

"小学生模样啊……那个我,是不是头发比较长?"

由希子半开玩笑地说。另一半的表情好像是在说,"怎么可能。"

"是长头发。还绑了两条辫子。"

由希子的眼神突然变得很奇怪。

"真帆你也明白了吧?"

"那个小孩希望将美崎带到什么地方呢? 这难道不像孟婆在奈何桥上劝人回头时说的那句'你还不该来到这个世界'吗?"

我歪着脑袋思考着。

说实话,麻衣子出现在美崎的梦里,这确实很难让人相信。但是,美崎事先并不知道有关麻衣子的事。

"在梦里感觉很舒服。所以我当时就想一直待在那里。但是,由希子出现了很多次,一直催我说赶紧走。我每次清醒都是在那之后。"

由希子望着天空,好像在思考着什么。

"这段时间一会昏迷一会清醒。不知道为什么,我总觉得非常累,就想一直睡下去。一不小心,也许就真的变成睡美人了。但是,我为什么会梦到由希子呢?"

美崎看看由希子,又看看我,她诧异的样子好像是在说:"好玩吧。"

"可能。那不是我。我想应该是我妹妹。"

美崎愣了一下,然后小心翼翼地问道:

"由希子的妹妹现在……"

"嗯。已经不在了。我们是双胞胎。"

美崎吃了一惊,小声说道:

"我说了奇怪的话,对不起!"

"没有。我觉得应该是麻衣子……我妹妹做的这件事。因为我之前拜托过麻衣子,希望她能保护美崎。而且之前,我也梦到了好久没梦到的麻衣子……她笑着跟我说……"

"她说什么?"

由希子正在努力,站在旁边的我不自觉地想为她加油鼓劲。

"我比以前更能帮上忙了吧?"

由希子把垂下来的头发分成两股,绑起来,模仿麻衣子。

她句尾的发音有些激动,和我的有些相似。

"嗯。就是这种感觉。"

美崎点点头。

"为了告诉你别再睡了,麻衣子她……"

等等……我的脑海中突然闪过这个想法。

可以相信这种灵异节目上才会出现的话吗?

我不知道。

"还有一个。麻衣子和真帆是不是有点像?"

美崎问由希子。

这句话彻底打消了我心里仅存的最后一点疑问。

"非常像。无论是说话方式还是给人的感觉。"

由希子一边回答,一边看着我。

"只有我没见过,麻衣子。"

"那不是很久以前的事了吗?"

将来如果我们两人离开人世,就一起去找天国的麻衣子吧。

这是那一天我们的约定。

快回去的时候,我问了美崎一个一直很关心的事情。

"美崎你一直昏迷是因为那三天的原因吗?"

她的回答很出乎意料。

"那三天真的没那么恐怖。一开始,因为突然被架到车上,我觉得有点害怕。但是仅限于此。在被他带走之前,我非常累。所以,当意识到我被绑架的时候,我当时觉得或许这样也是一种解脱。"

"你是说即便死了也无所谓?"

美崎看上去有点左右为难。

她脸上的表情好像是在说,"虽然在由希子你面前不能乱说,但是对此我并不否认。"

就在下一秒,由希子一把抱住美崎。

"你不许这么想! 我们当时可是非常担心你呢!"

对于突如其来发生的事,美崎吃了一惊。

"我们一群平常绝对不可能坐在一起的人一直都在等你!"

"嗯。听说了。我也很吃惊。"

美崎的眼睛仍然瞪得很大,嘴里却嘟哝着。

太阳不知何时落山了。打开灯,有些昏暗的房间突然变亮了。

我心中暗自做了一个决定。

"我有件事必须要跟美崎你道歉。你已经知道了吧?我……"

由希子看我吞吞吐吐的,就微笑着代替我接着说:

"她曾经跟踪过美崎你。"

"我知道啊。但是真帆你打算观察我的时候,我也在观察你呢。"

美崎笑着回答道。

"对不起!"

"嗯。但是我很开心。"

在这里也没有人责怪我。只有我在多余地责怪我自己。

美崎冷不防站了起来,把放在架子上的一个罐子拿在手里。里面发出哗啦啦的声音。

"哇啊!是糖豆!"

由希子很兴奋。

美崎摇了摇罐子,然后把糖豆放在我和由希子的手上。糖豆如彩虹般色彩斑斓,让人怀念的颜色。这种颜色会让人回想起过去发生的种种。

我将手中的橘色糖豆放进口中,怀旧的酸甜味迅速散开,心情也随之变得很舒畅。

"好吃！一种思念的味道，会让人想起过去的事情。好想吃遍所有的种类啊。"

我笑着说。心中充满了感动。

"那我们就把所有的种类一起吃掉吧！"

美崎也笑了。

"一起？这么说来，这种吃法我还没尝试过呢。"

我和美崎只是开玩笑地随便一说，但是由希子无论如何也要坚持这么做。

我们把圆形、三角形、四方形等各种形状的糖豆都放在一起。

那些糖豆漂亮得好像宝石一样。糖罐里盛满了让人怀念的东西。

我们将彩虹般的七种颜色的糖豆放在手上，然后一起放进嘴里。

甜的、爽口的、酸甜的。

一种不知该如何形容、不可思议的味道在口中蔓延。这种美妙而复杂的味道似乎正是我们十七岁真实的写照。

不同的颜色和味道分别表达了不同的情感。喜欢、思念、伤心、孤独。

"你那三天都在哪里？"

由希子口齿不清地问道。

"我只是被带到车上到处走。那个男的绑架了我之后，完全没有考虑过之后的计划，还跟我商量接下来怎么办。"

"你们说话了?"

"嗯。他问了我很多次该怎么办。我就反问他,'你不是为了杀我才把我带来的吗?'他一听,脸色就变得很苍白,一直说,'我从没这么想过。'因为太累,最后我有点厌烦了,就把他折磨疯了。"

美崎笑得很轻松,像毁了一个玩具一样轻松。

"折磨? 怎么做的?"

由希子问道。

"无论他跟我说什么,我都只是笑着说,'你杀了我吧。'"

"他说什么?"

"他说绝对不会杀害自己喜欢的人,还说如果杀了我的话就不能挽回了。期间,他还曾经很自责地说,'我到底为什么要做出这样的事情。'即便如此,我还是不断重复我说的话。那个男的最后一直自言自语地说些奇怪的话。是我把他折磨疯的!"

她越是说得很轻松,我越是觉得迷惑。

无论是那个男人神经出问题,还是她自己被杀,对于美崎来说这些都是她所希望的。

我突然很想哭。我不知道这种感觉是因为什么而产生的。只是莫名地很想哭。嘴里塞满的糖豆的各种味道让我觉得胸口一阵憋闷。

"'晴天也会下雨'……你们知道这句话是什么意思吗?这是那个男的说的。那时候他一直在说这句话。我想他可能再也回不到从前了。"

我第一次觉得她的笑容很恐怖。

回家的路上，我不自觉地小声说：

"美崎的人生有那么痛苦吗？以至于她觉得被绑架也算不得什么。可爱、开朗、聪明……看上去那是所有人都憧憬得到的人生，她根本没有理由痛苦。我，是很过分。刚才我真觉得美崎有点可怕。她竟然可以开心地谈论那样的内容，太可怕了！"

这种罪恶感好像是背叛了耶稣的犹大。我想接受她的一切，希望她幸福。这种心情明明至今没有变过。

"每个人都有每个人不同的状况。但是，痛苦地认为自己将来一定会一事无成，这件事本身就是种悲哀。无论心中描绘的人生有多么不同，每个人都会有属于自己的人生。即便努力程度相同，有些人却害怕弥补自身所存在的不足。因为无论你怎么弥补，这种不足永远都不会彻底消失。"

由希子叹了口气。

"但是，我们能做的只是努力而已。因为自己心里的缝隙只有自己才看得见，我们只能用孤独来填补。美崎说过'她很累'吧？我很明白她的心情。我觉得，美崎一定也很想变得……更坚强、更活泼、更积极。"

我们慢慢走着，周围不知不觉间变暗了，我们正在度过我最害怕的傍晚的这段时间。

"时间确确实实地在慢慢流逝……我们必须要时时面对自己的情感。我觉得遮掩的情感会发生扭曲，反而会让自己更痛苦。我也逃避了很多事，现在果然很难过。"

我聚精会神地听着，唯恐听漏一句。

可能我对于她们的事情并不了解。想到这里，我的心里觉得既难过又不安。

"真帆你觉得美崎很恐怖，那是因为美崎看上去不知何时就会把自己折磨疯似的。也是因为真帆你很喜欢美崎。"

由希子缓缓地笑着说，好像瞬间看透了我难过的原因。

她的话语迅速渗入我混乱的思绪中，心里的那团纷繁复杂的线团也彻底解开了。

"……可能是这样吧。你是怎么知道的？"

我很惊讶，为什么她能察觉到连我自己都无法掌控的那份感情。

我所害怕的并非美崎的异常举动。而是我喜欢的美崎正在拼命地折磨自己。

"因为真帆你就是这么温柔的一个人。"

由希子再次微微一笑。

我一句话也说不出来，只摇了摇头。

只有本人才能体会到的痛苦和悲伤，亦只有本人才能克服。这就是人生。

如今的我能做的只有祈祷所有的人都能得到幸福。

● 琉璃色的天空

时间过得飞快。

毕业典礼前是二年级最后一场班级对抗赛。我们班上午输了,现在正在悠闲地观看其他班的比赛。

"明明是最后一场比赛,我们却那么容易就输了。"

我怀着一份清爽的心情笑着说。我体会到一种磊落的输法,更确切地说是一种快感。

"那是因为我们班几乎没有参加社团活动的人。"

由希子有点别扭地说。

"但是现在的气氛既热烈又开心啊。"

穗乃佳安慰她说。

"早点结束,像现在这样悠闲地喝果汁也不错嘛。"

加奈也支持穗乃佳。

"啊,是小友她们!"

从窗户向运动场张望的小春大声喊道。

定睛一看,小友和美佳正很亲密地坐在那里给班里的男生加油。

"小友正在为哪边加油啊?"

"为什么这么说?"

穗乃佳一脸的疑问。小春回答道:

"因为对方队伍里有森啊。"

"小友喜欢森吗?"

穗乃佳吃惊地张大了嘴。

"恰恰相反。森喜欢小友。"

由希子一脸的笑容。

"是这样啊。森,原来是这样啊。"

我想这种被所有人祝福的爱情很少有。

"但是小友并没注意到森的心意。所以她还是在为自己班加油吧?"

所有人都将同情的目光投给森。

"森,加油!"

三月的天空,晴朗、温暖。天空中容纳不了的明媚阳光溢出到地面。

"高冈的班对坚治的班。高冈斗志一定很旺吧?"

由希子小声嘀咕了一句。

"高冈果然还是很在意吧。"

"到底如何呢? 绑架事件的时候,他们都那么推心置腹地谈了,所以心里的结在某种程度上已经解开了吧?"

"那五个人,现在想起来还是觉得很奇怪。"

我也笑了一下。

"佐久间应该没事吧。"

“可能。”

从那以后，五个人再也没聚在一起过。我也不知道高冈和坚治在那之后关系如何。高冈对我仍然还是那么温柔。

美崎四周围绕着危险的光，依然笑得那么孤单。

“高冈班输了哦!”

比赛结果表贴在体育馆入口处。

无论是高冈班还是坚治班，在所有的比赛项目中都输了。

“不能进行命运对决喽。”

由希子笑着说。

“就快换班了。如果不能和由希子同班的话，该怎么办呀?”

“我们可能是同班吧!”

她自信满满地说。

“只剩一年了!”

我望着已经毕业的三年级学生用过的教学楼说。高二的学生生活很快也要结束了。

“今年也很开心啊!”

由希子牵起我的手。

“明年我们也一起开心度过吧。毕业的时候，大哭一场留作纪念。”

“真帆——由希子——”

远处传来小友的声音。音量依然很大。

"可能是来公布爱情宣言的。"

由希子小声说了一句,两人都笑了。天空一片蔚蓝,空气既湿润又清爽。让人有种想奔跑的冲动。

充满了春天气息的空气温柔地包裹着世间万物。

十七岁。

对我来说,那些发生了许许多多各式各样事情的时光,从此不会再有了。

孤单至极,我几乎被不安压得喘不过气。虽然发生的不仅仅只是愉快的事,但我还是那么喜欢现在。时间流逝得如此灿烂。

如果时间有实体的话,我想永远紧抱它。但是我清楚地知道,正因为当下的时间一去不复返,所以现在才会显得如此光彩夺目。

我钟爱的时间和我同化在一起,变成名为"记忆"的血肉,逐渐构成名为"我"的人格。

我至今为止看到的东西、感受到的东西、思考的东西、遇到的人,在这些基础上,时而哭时而笑的十七岁。

体会到失恋的痛苦和自己的软弱。

家庭。

学校。

朋友。

我爱所有的一切,希望被一切包围。我也希望拥抱所有的一切。

　　我心中的糖豆在我钟爱的时间里融汇在一起,形成全新的颜色和味道。

　　如今,我想尽力爱自己。我想相信自己,一边感受现在一边努力生活下去。我希望自己可以切实感受到那并非理所当然的幸福感。

　　我想张开双手接住自然的变换、溢出的光芒以及现在可以感受到的辉煌。

　　而且我想拥有可以理解他人的能力。

　　为了能让那些我珍惜的人能开心地笑。

　　为了即使在她们想哭的时候,她们也希望在我面前哭。

　　高三新学期的早晨,我做了一个奇怪的梦。

　　场景是第三高中的毕业典礼。

　　我、由希子、高冈、坚治、美崎、佐久间、富美、穗乃佳、中泽,至今为止我遇到的所有朋友不知为何都成了第三高中的学生。

　　"即使分开了,我们也要一起努力!"

　　在那个你一言我一语、相互拥抱、哭泣的梦里,弥漫着一种好像我们真的就要出发了的气氛。

　　在由希子的旁边,长得几乎一模一样的麻衣子穿着和我们一样的制服,微笑着站在那里。她们的手紧紧牵在一起。

我对她们两人说。

"一起回家吧。"

麻衣子的灿烂笑容和由希子几乎一模一样。她对我挥了挥手。

"拜拜!"

不知何时,由希子牵起我的手,麻衣子站在我们对面,一个人微笑着。

"为什么说拜拜? 一起回家吧。"

我话音还没落,麻衣子就消失了。

我们拼命寻找消失的麻衣子。

但是,到处都找不到。

我们哭了。哭得很伤心很难过。

生或死,在梦里没有这个概念。但是,我们无法接受麻衣子不在这里的这个事实。

我们最后不得不放弃。当走过一个经常经过的拐角处的时候,我们看见麻衣子站在那里。

她一边嘻嘻笑着,一边抱住哭丧着脸的由希子。

"我只是在逗你玩,爱哭鬼!"

我终于松了口气,一会哭一会笑。

麻衣子一脸温柔地抱着一直在哭的由希子。

由希子经常抱别人,但是第一次看到她这样被别人抱着。

"我们三个一起回家吧。"

确实是麻衣子说的这句话。但是在我家门口和平常一样分别的时候,由希子却又变成了一个人。

但是,她没哭。

以融入在夕阳中的盛开的樱花树为背景,由希子的眼睛里闪耀着晶莹的光。她微笑着冲我挥挥手。

拜拜。

再见。

醒的时候,我在哭。

等我意识到今天是高三新学期开始的第一个早晨,已经过了几分钟。

我们活着。一边用心中的七色糖豆制造出自己独有的色彩,一边相互影响着。

像往常一样,我做好准备,穿上制服离开了家。

我骑自行车经过路边的樱花树时,身后传来一个熟悉的声音。

"早上好,真帆。"

我回头一看,在笑得非常灿烂的由希子身后,盛开的樱花与琉璃色的蓝天交相呼应,美丽非常。我的心里顿时不知被什么东西塞得满满的。

● 后　记

　　《七彩糖豆》是我的处女作。

　　把它整理成书的时候，我自己做了一些修改。但是我觉得还没真正完成，所以心里有些忐忑不安。

　　我在写这部作品的时候，每每回想起自己的高中时代。

　　想起那个时代如珠闪亮的点点滴滴、晃动不安的情感思绪，还有从那里才会看到的五彩斑斓的景色与未来。在描绘那些如梦如幻、转瞬即逝的东西的时候，我感到柔和、温暖，还有少许难过。但是不知为何也感受着幸福。

　　《七彩糖豆》是我原创的小说，其中加入了许多我自己的亲身感受和体验。而且，即便是在我长大成人的今天，那种感觉依然无甚变化。

　　傍晚时分，我的心依然会纠结。做完工作回家途中，我还是会用手机拍下美丽的天空，发给我的朋友。

　　于我而言，高中时代是值得我一生珍藏的宝物。

　　朋友、老师、甚至身边的空气……所有的一切我都甘之如饴。从那时起，我就开始担心"这段时光终将成为过往"。

　　在那个时间、那个地点的许多人如今都在全新的地方。

如果他们在某个地方遇到这本书，能够感受到点什么，那将是我无比开心的事情。

我一直在想，无论是"我们目前身处的这一瞬间"，还是"已经过去的某一瞬间"，都隐藏着某种应该称之为"时间的光芒"的东西。这种东西具有一种特质，那就是虽然自身散发着强大的能量，但却很容易被人忽视。而且，注意到这种东西的人，心里都会感到被"揪"了一下，阵阵悸动。

对我来说，"活着"是件孤寂、沮丧甚至恐怖的事。但同时也是件温暖、美好、可爱的事。如果通过这部作品可以让读者共享这份心情的话，我会备感荣幸。

最后，我想借此次机会，向那些在 pocket space 的网页上阅读《七彩糖豆》的读者、支持我的粉丝、为我写书评的人表示感谢。我从中获益良多。

另外，cyberplus 公司的诸位、负责人关口老师、尽心尽力助我出书的 digifon 公司的桥本老师、出版商 SOFTBANK Creative 公司和负责人铃木老师，还有关心该作品的所有人，我从心底向你们表示感谢！

因为很多工作我都不熟悉，所以给你们带来了很多麻烦，但是各位总是很热心地帮我解决。感激之至！

当然，我最应该感谢的是阅读了这本书的你们。

谢谢！

夏 澄